心魔现时　无处不地狱

孙子荣◎著

新世界出版社
NEW WORLD PRESS

图书在版编目（CIP）数据

破地狱之惊天破 / 孙子荣著 . -- 北京 : 新世界出版社，2016.8
ISBN 978-7-5104-5871-2

Ⅰ . ①破… Ⅱ . ①孙… Ⅲ . ①长篇小说 - 中国 - 当代
Ⅳ . ① I247.5

中国版本图书馆 CIP 数据核字 (2016) 第 162329 号

破地狱之惊天破

作　者：孙子荣
责任编辑：刘颖
责任印制：李一鸣　黄厚清
出版发行：新世界出版社
社　址：北京西城区百万庄大街 24 号 (100037)
发行部：(010)6899 5968　(010)6899 8705（传真）
总编室：(010)6899 5424　(010)6832 6679（传真）
http://www.nwp.cn
http://www.nwp.com.cn
版权部：+8610 6899 6306
版权部电子信箱：nwpcd@sina.com
印　刷：三河市骏杰印刷有限公司
经　销：新华书店
开　本：880mm × 1230mm 1/32
字　数：130 千字　印张：7
版　次：2016 年 8 月第 1 版　2016 年 8 月第 1 次印刷
书　号：ISBN 978-7-5104-5871-2
定　价：29.80 元

鸣谢

电影《惊天破》原创编剧顾舒怡小姐、吴品儒先生
提供故事创意
没有你们
这本小说绝对不会出现

目　录
Contents

第1章
死亡棋局

1

周日凌晨三点的兰桂坊，来自世界各地，到这里寻觅短暂快乐的人潮渐渐散退，本来璀璨闪耀的不夜城，此刻只剩下寥寥几道霓虹光管，倦怠乏力地眨着，像欢愉过后的中年女子，脸上尽是褪色的妆容，以及即使补妆也遮掩不了的疲态。

香港位处北回归线以南，赤道以北，定义上该是热带地区，但受到大陆天气的影响，香港却有着亚热带地区的气候。十月的香港，夜半时分可是挺冷的。

当最后一个醉倒地上的洋汉都被仲秋的凉风刮醒，奋力从地上爬起，踢翻几个空酒瓶，摇摇晃晃地走上归家路时，“狗仔队”记者罗森也禁不住打了个寒战，知道是时候收拾装备下班了。

新闻系毕业的罗森，本以为毕业后“沦落”为娱乐记者，已是人生最不幸的事情，自从被派遣担任狗仔队，更要负责长驻中环酒吧街，守候“有可能”醉酒闹事的名人明星后，才知道不幸只是个开端而已。

躲在厢型车里，留守了一个晚上，罗森拍到最有价值的是两个不知名模特与富豪第二代街头搂抱亲嘴的连环照，看来明天回到报社，又要承受采访主任的唠叨。罗森真的不明白，有钱有权的男人泡模特泡小明星，是两千年前已经开始出现的事，中外史书都有记载，怎么可能是新闻？差别只是那时没有照相机，没有狗仔队吧！

打了个呵欠，罗森在收起那支高倍变焦镜头前，惯性地往显示屏瞥了一眼，一个奇特景象吸引了他的注意。

一双只穿着袜子的腿，从一条小巷子往大街方向伸了出来，罗森不太确定，那到底是不是一个人，哪怕他把镜头里的影像拉到最近。

罗森下车，向远处的那个“人”走去。“是哪家时装店扔出来的模特模型吧……”这双腿白得出奇，毫无血色，不太像人，令罗森不禁有这种想法。

当他走到巷口，朝里面看去时，第一个反应依然觉得它是个被丢弃的模型，因为它没头，也没有双手，直至他发现，双臂切口上露出肌肉及骨骼组织之后……

* * *

两幢大楼夹缝间的小巷，宽不足两米，另一边没有通道，是条平日无人路过，黑暗脏乱的死巷，如今因为尸体被发现，现场布置了临时灯光，方便执法人员调查。

马进赶到时，巷子前面已被维持秩序的警察封住，闻风而至的记者，虽被警察阻隔在外，也纷纷举起相机往巷子连环拍照，镁光灯闪烁不断，让马进一阵晕眩。

“让他们再后退十尺。”马进语气不善地对当值的警察说，“闪光影响调查！”

三十二岁的马进看上去比实际年龄要老得多，也许是长期认真的态度导致面目老成严肃，也许是长年不变的军装打扮带来的过气感觉，反正马进从不注重外观，除了跟探案有关的事，他一概不在意。正如当警察听命把隔离带向外扩张，记者们大声反对时，马进毫不理会，径自向尸体走去。

尸体旁站着马进的下属仔仔。香港人经常在名字末后加一个“仔”以称呼年纪比自己小的男性，尤其是部门里特别年轻的新同事，真实的姓名每每被无视，而被上司叫作“仔仔”。

仔仔目前已是港岛区重案组督察，但入行以来一直跟随马进，从上班头一天起被他唤作仔仔，多年过去，马进以及其他同事早习惯了他这个外号，他的本名王彦兴反而没几个人在意。

仔仔看到马进走来，连忙把才吸了两口的香烟扔到一旁，因为马进最讨厌凶案现场受到不必要的污染，而烟灰，正是其中一种不必要的污染物。

“法医到了没？”马进一边问，一边从腰间抽出一支小型手电筒，把盖在尸体上的白布掀起，照亮尸体以方便检查。

“在路上了……”仔仔看看手表，“还有二十分钟左右吧。”

全港法医不足二十位，白天分别于香港、九龙及新界三区当值，晚间却只有一位负责所有地区的现场工作，所以不一定能随传随到。

“嗯。”马进头也不抬，以下巴指指一边，“烟头。”

“什么？”

“身为警务人员，随地抛弃烟头，不怕被记者拍到吗？”马进面无表情地说。

“对不起！”仔仔连忙把还在冒烟的烟头拾起，拿到远处的垃圾筒扔掉。在仔仔眼中，马进的脑袋以至破案能力，在重案组中都是一流的，但当上高级督察后，一直再没有升职的机会，原因可能就在于他的一张脸！马进永远板着一张严肃的脸，永远皱着眉头，永远沉默寡言。上一次马进笑，到底是什么时候呢？

马进以手电筒的光源，查看这具身上只穿着内裤和袜子、失去了头颅和双掌的尸体。

“四十岁到五十岁亚裔男性，如果头部大小正常的话，身高应该是一米七……”马进一边观察，一边讲出他的推测，“没有明显发达的肌肉，肤色偏白，肚腩非常突出，内裤和袜子质量比较好，应该是需要经常应酬、从商或是管理阶层人员……”

“教书的也有可能皮肤白、大肚腩……”仔仔有点不认同。

“教职人员经常站着，到这个年纪小腿一定有静脉曲张。”马进指了指尸体的小腿，“你看，小腿光滑、幼细，是一天到晚坐在办公室的后遗症。”

仔仔努力地想如何反驳，马进却没有理会，继续观察。

“尸体摆放不平整……”马进跪在地上，俯身察看尸体的背部，又观察一下巷子周围的环境，“背部有刮痕，看来尸体是被人从外面抛进来的……”

“为什么要用抛的，因为太匆忙？还是出于对死者的痛恨，把他的尸体视为垃圾……”

“报案的是谁？”马进的问题中断了仔仔的苦思。

“是个记者，狗仔队记者。”

“还在吗？”

“在。在那边。”仔仔往记者那边看去，看到那个报案的记者正和其他的记者在谈话，“不知是在聊天还是在接受采访，我去叫他过来。”

仔仔把记者罗森带过来，虽然刚才已见过尸体，但罗森仍不自觉地把脸转向另一边，以免面对着陈尸的位置。

“发现尸体前，留意到可疑的人或者车辆进出吗？”马进问。

“之前酒吧打烊，离开的人和车特别多，很难说谁是可疑的。”罗森感到有点为难，何况，好不容易才遇到大新闻，自己却只是个娱乐记者，连报道的资格都没有。刚才拍的第一手影像，早给突发新闻组的同事拷贝回去，早上报纸的头条，会登出他拍的照片吗？会写上摄影是他吗？

“这一带你熟不熟？”马进再问。

“当然熟了！每个礼拜最少有三个晚上在这儿蹲点。”

“既然这么熟，你觉得用什么方法能扔具尸体在这儿而不被发现？”

“你……不是在怀疑我吧？我在这儿守了一个晚上，有录像可以证明！”

仔仔忍不住插嘴：“怀疑你的话早把你带回警察局了，还会让你到处跑？”

“放心，这类谋杀案的罪犯都是冷静且高智商，你不像。”马进一脸正经地说。

看着记者的尴尬神色，仔仔暗暗好笑，更好笑的是，马进每次讲出这种调侃的话，态度和语气都是认真的，丝毫没有取笑别人的意图。马进不在意，也不介意别人怎样看他，“人情世故”从来都是他的弱项；他几乎没有朋友，没有私生活，没有任何人会找他吐露心声，当然他也没有这个需要。

仔仔曾经问过他，抓罪犯最重要的难道不是了解他们的心态吗？马进罕有地笑了笑（没错，仔仔记起来了，这就是上一次他笑的时候！），然后说：“你不可能真了解一个人，因为人会说谎，但证据不会。”

真的是这样吗？马进你自己也是人，你不是很了解自己，很相信自己吗？

马进盯着罗森，一言不发，罗森确定他不是跟自己开玩笑之后，认真想一想，谨慎地回答：“凌晨两点以前，这一带的人太多，不太可能抛尸而不被发现，所以一定是两点过后……”

“也不可能把尸体抱在身上吧？”马进引导着罗森，想得到更多的资讯。

“没错，所以必须用交通工具。”罗森接着说，“而且，可以不用下车引人注意，就能把尸体抛下来的，最方便是用可以在侧面拉开车门的厢型车！”

“这个想法可行，你也开厢型车？”

“嗯，狗仔队都是，躲在车里不容易被发现，而且我们都要守一整个晚上，摄录器材放三脚架上，既不会累也比较稳定，也可以同时用录像机录像，所以需要用厢型车。”

“除了你之外，今天还有其他报社的厢型车在附近吗？”

“还有两家，但他们一点左右已经离开了。”

“就是说，今天两点后，除了你以外的厢型车，都有可能是抛尸的车辆？”

“很有可能，因为附近停车场严重不足，而且这一带的路边都禁止停车，晚上来玩的人，很少开车来，除非是为了炫耀而开超级跑车来的……”

“OK(好)!”马进不等罗森说完，转脸对仔仔说，“带他回去录口供，记下他和其他报社的厢型车车型，还有，拷贝一份他今晚拍的照片给我。回去问交通部调出今晚附近街道所有的监控录像，让他看看有没有可疑的车辆。”

马进说完，也不跟罗森道谢，就向刚到来的法医袁定邦走过去。

马进这种态度，仔仔早习惯了，遂问一脸错愕的罗森：“你想现在去，还是睡醒了明天再去？”

为了得到最快的尸检报告，马进在鉴证科同僚收集现场物证后，软硬兼施地要求法医马上把尸体运回去检验，明天一早交出报告。法医虽然十万个不愿意，但眼前这具无头男尸的可怜死状，多少也激起了他的义愤，于是同意了。

“还有，想知道他是死前，还是死后给肢解的。”马进补充了一句。

“这个我一定会查清楚……不过，从结果来看，有分别吗？”袁定邦反问。

“有！职业杀手和连环杀手的分别。”马进答得干脆。

袁定邦想了一秒钟，然后点头表示明白：“放心，五个小时内完成报告。”

“四个。”马进竖起四根指头。

袁定邦无奈地笑了，然后向马进挥手，赶紧回去工作。

2

安排好各部门的工作，离开犯罪现场后，马进没有休息的意图，立即回去警局，打算利用这四个小时，先检查刚才收集到的所有物证。

马进所属的港岛区中区分区重案组，位于湾仔军器厂街，与兰桂坊大概相距三十分钟的步程。走路能到的地方，马进通常不会坐车，他认为，只有走路才能达到“直线距离”——点与点之间的最短距离，汽车总是受到路道、灯号和交通所影响，往往比走路要绕远。香港不流行自行车，所以还是走路比较合适。

走路也是他好好思考的时间，通常不会有人打扰一个匆忙赶路的人，但与同事一起坐车的话，就要被逼跟他们聊天，或是听他们聊天，两者都是马进最讨厌的。

中环是香港最早发展的区域，十九世纪英国刚对香港实行殖民统治时，英国人为了显示身份地位，全都住到太平山上，所以香港的第一种公共交通工具，就是方便英国人下山，来到中环的缆车。从中环的英文名 Central 可知，英国人早视它为中心。事实上，直至今日，中环仍是香港的经济和政治的核心地带。

中环就在太平山脚，是以街道多沿山而建，斜路要比平路多。从兰桂坊走下来，经过又窄又斜的德己立街，就是皇后大道中，再沿皇后大道中往东走，不到一分钟就是毕打街。这个地上涂满黄色方格的十字路口，在任何介绍香港的视频中必定会出现，从早上八时到晚上八时，这十字路口都可以说世界上最繁忙的一个。

天还没亮，毕打街上除了在准备营业的报贩外，行人没几个。经过书报摊时，马进看了一眼今天的报纸，但头版还没出来（香港的报纸都是厚厚的几大叠，报社会把副刊、娱乐、经济等版面先印好，交到报贩手上让他们先整理，到早上六点左右才把最新的港闻头版送上，以确保头版都是最新的消息），但可以想象，再过一个小时，全香港的报纸头条都会是“兰桂坊惊现恐怖无头无手男尸”。

回到警局，重案组办公室只有三个人在值班，马进一如既往地，不跟其他人打招呼便回到自己的座位上，同事们也见怪不怪，他们知道，马进的不苟言笑并不针对任何人，他有自己的世界，而这世界只需要他一个人便足够。除非是工作上的需要，他才会暂时离开他的领域，踏足别人的空间。

最重要的尸检和鉴证科的现场勘察报告还没完成，马进把手上仅有的资料铺在桌上，看来少得可怜，基本上只有现场拍摄的照片，尸体的位置绘图，以及他写在随身携带的硬皮记事本上的笔记。

马进想，若是发生在三十年前，割去头颅和双掌，没有相貌和指纹，确实会让警方难以辨识死者身份。但自从有了 DNA 检测后，这种做法只能延迟，却不能阻止警方查出死者的身份。

若只是为了掩饰身份，可以直接破坏或烧毁面部和指纹，没必要把头和手砍掉；况且，头骨可是人体里最硬的骨头，把头颅好好处理也并非轻易的事，把尸体扔在市中心，更不是毁尸灭迹该有的行为。

斩头断手，到底是一种仪式、一种惩罚，还是一个警告？

面对这类碎尸凶案，一般警探必然是先找出死者的身份和死因，与他家人、同事取得联系，继而掌握死者的人际关系、有没有仇家，或任何招惹杀身之祸的可能性，如此顺藤摸瓜地调查。

但既然凶手用了一种高调的、公开的姿态展示他的“作品”，马进推测，他一定有下一步的行动，所以目前在他眼中，死者身份和死因，都不是最重要，他最关注的，是谁犯下这宗罪行，以及在他再次犯案前，把他逮捕。

反复看了几遍尸体的照片，仍没理出任何头绪，于是他把从记者罗森那里拷贝回来的影像存入电脑，一一细看。

由于印刷媒体的销量大不如前，现在的报纸全都同时发行电子版。在网页上，视频报道比照片及文字更吸引眼球，因此记者，尤其是狗仔队，都会同时拍摄照片和视频，反正现在的单反相机，都兼备录像功能。

罗森拍摄的角度与警察很不一样，警察的专业摄影师拍的照片着重尸体的细节，罗森作为记者，考虑到重口味的照片会令读者不安，引来投诉，所以尸体只占画面的一小部分，大部分是周遭环境的记录。

罗森的照相机该是装上了 LED 灯光以辅助照明，所以画面的中央明显比较光亮，随着镜头的左右摆动，马进看到一个刚才自己在现场没看到的画面——当灯光照在尸体背后的墙壁上时，出现一个反光的图形，但由于镜头晃动得厉害，哪怕把画面暂停，也看不清楚是图案、文字或是数字。

这时，见习督察班丽华走过来，对马进说："马Sir(警官)，Madam(女警司)叫你到她房间。"

马进一看表，原来已是九时。

"好！马上去。"

* * *

上午九时半，重案组的当值警察齐集会议室，听候部门主管，警司何雅欣指派工作。

女性攀到警司这位置，在香港警队中不算少数，但能领导阳刚气十足的重案组，却是比较罕见。更难得的是，何雅欣看上去依然女性化，没有因为立足于男人堆中而变成男人婆，也没有为显示权威而装出难以相处的态度，这可能与她的履历有关。

在香港仍属英国管治的时代，警察的学历普遍偏低，当时有个说法："好仔唔当差"，就是"正直有为的人不会当警察"的意思。在这个讲求经济效益、金钱至上的地方，只有读书不成的人，才会做警察，所以大学生特别的少，更不要说在外国读书回来的了。

八十年代后，香港的大学数目由以往的两所，逐渐增加到八所，大学生愈来愈多，警察的学历也慢慢提升，但如重案组和反黑组这些需求实战经历和社会关系的部门，学历仍然是其次。

九七回归前后，警队曾作出大规模改革，管理阶层的警务人员一律要通过考核，例如接受英语测试，很多职位高学历低的警官级警员，都在这段时期失去升职机会或被逼提早退休。

在英国修读犯罪学的何雅欣，就在这个时候回港投身警队，成为重案组督察。凭学历她拿到的只是入场券，往后的十年，靠的是不输于男性的胆识，以及果敢决断的领导才能，折服了一众男性，终于成为部门主管。

“……死者身份未明，被害原因未明……”何雅欣挂着新闻主播式的淡淡笑容，语气中既没有投入什么感情，又不致令人觉得她过于冷漠，“这宗凶案已经上了头条，我们很快会受到上头和舆论的压力，他们首先要知道的，必然是死者的身份和死因，其次是凶手的动机，以及我们破案的计划。所以我们要争取时间，尽快解答这些问题。我已把这宗案件交给高级督察马进负责，以下由他来交代案情。”

正在沉思的马进，没注意何雅欣的话，直至坐在他身旁的仔仔以手肘相碰，马进才知是自己发言的时间。

“刚刚收到法医的报告……”马进匆匆地走出来，一边把手提电脑接上讲台上的投影器一边说。

投影在白屏上的，是一张接一张的尸体照片，当中不少是伤口及伤口周围的特写。毫无血色且失去头和手，令他看起来一点不像人，反而像摆放在超市里冻肉柜内的某种肉类。

“死者为四十至五十岁亚裔男性，身高一米六八左右，身材微胖，死因为失血过多导致器官缺氧。虽然尸体曾被清洗，但经鲁米诺[1]测试发现死者余下的颈部及左肩有大量血液反应，相信是被利器割断左颈大动脉造成，凶手因此该是惯用左手……”

“等等！”仔仔举手问道，“如果死者是左边的大动脉被割断，凶手应该是用右手才对……莫非是从背后下手？”

“不！”马进继续讲解，“死者脚踝上有被绳索紧缚过的痕迹，从小腿肌肉的拉伤程度，加上尸体内几乎没有血液，推断死者是被倒吊后割破颈动脉，并且进行放血……”

在场警员都久经战阵，但看到这批照片，加上马进的形容，都不免感到恶心。

“倒吊放血”让仔仔突然想起了一个自历史小说中看到的名词——“两脚羊”。

“两脚羊”并不是羊，而是人！闻说人血特别的腥，要吃人肉，必

1 鲁米诺（Luminol），又名发光氨，喷洒在血迹上，血中的铁质可催化鲁米诺的发光反应，使其产生蓝色光芒，是科学鉴证人员常用来找寻血迹的技术。即使血迹经过洗擦、分量很少，或者事隔多年，依然有效。

须先把血放干净，最好的方法就是捆绑双手吊起，割开脚踝，让血流干。失血的死人皮肤白皙，像羊。[1]

想到这里，仔仔忍不住问："会不会是变态杀人狂，或者连环杀手所为？"

"变态杀人或者连环杀手靠虐杀得到快感，但这个凶手不是，你看……"马进指着照片上尸体手腕上的切口："切口整齐，周围没有任何挤压导致的淤伤，而且已经出现初期的尸斑，可见双手是死后才砍去的。如果是死前砍的话，死者一定会动得厉害，哪怕固定了双手，也会因挣扎而留下的明显伤痕或淤青。"

"如果是为了虐杀，会在死前砍去……"

马进微微点头表示认同："所以我们将要面对的，是一个冷静的凶手，而不是疯狂的杀人狂。"

马进稍作停顿，然后态度严肃地说："而冷静的凶手，通常不是第一次，也不会是最后一次杀人。"

警员们都开始交头接耳地互相讨论起来，马进敲了敲屏幕，让大家注意。

"大家按这个表格分为AB两组，A组负责搜集证供。"马进点击鼠标，幻灯片换成一幅中环的地图，并以兰桂坊为中心画了一个圆形，"A组同僚在这个范围内，调查昨晚到今晨，任何有可能目击弃尸过程

1 （明）李时珍《本草纲目·人一·人肉》："古今乱兵食人肉，谓之想肉，或谓之两脚羊。

的证人，特别要留意一部黑色厢型车，交通部的录像显示，可能是日产Elgrand或丰田Alphard，不过交通部的摄像头款式太老，加上当时夜深，拍得不太清晰。

“B组负责物证，马上把现场及法医得来的物证送到鉴证科，尽快比对死者及最近失踪人口的DNA资料、尸体上的残余金属等，查出死者的身份以及凶器。大家有没有问题？”

“No Sir（没有问题，警官）!”警员齐声回答。

何雅欣站起来补充说：“凶手大有可能是职业杀手，这一点希望大家注意提防，调查过程中无论任何时候都不可以单独行动。”

“Yes Madam（是，警官）！”

警员们各自开始干活，仔仔离开会议室前，被马进叫住。

“还有什么事？”仔仔问。

“我们回现场一趟。”

“漏了物证？”

“不。我要确认一件事。”

仔仔面露疑色，马进接着说：“我想确认，会不会有下一个死者。”

3

“这是凶手特意留下给警方的！”

马进凝视着墙壁，坚定地说出这个结论。

仔仔跟着马进回到昨晚的陈尸现场，马进一句话都没讲，就盯着这堵墙出神，继而拿出手电筒上下照射，再拿出手机，打开闪光灯拍了好些照片。可是，在仔仔眼中，面前的墙壁，跟任何一堵后巷的墙壁并没两样，都是凹凸不平、满布污迹，没发现有任何异状。

“看到了没有？”因为有了新发现，马进双目露出神彩，语调也带点兴奋，仔仔却完全不明白他话里所指。

“你仔细看看。”马进示意仔仔贴近墙壁，注意墙上特别之处。

仔仔按照马进的指示，果然发现墙上的奇怪地方——有部分的墙壁出现光泽，像是涂上了透明光亮的油漆。

马进把手机递给仔仔，仔仔接过来一看，因为有闪光灯的辅助，照片上的墙壁中央出现了个反光的图案，看来是有人用透明油漆在墙上面画了个图案。照片拍得不够清晰，隐约看得出是一个圆形，中央有一个“十”字。

“这……是一个十字吗？”仔仔问。

“白天看得不清楚，晚上用灯光照射的话，应该会看到。”马进答说，

“它不是十字，是卒字。”

“卒……生卒的卒？代表死亡？”

马进斜眼看着仔仔，一脸敬佩：“哦？中文挺好……不过卒字写在一个圆圈之内……”

“象棋！”仔仔叫了出来。

马进点头，表示认同，同时为此担忧：“凶手想和我们下一盘棋，卒，只是他的第一步。”

* * *

朱翠贞醒过来时，俯伏在冰凉的地板上，双手被反缚到背后，双脚也被牢牢地捆着，动弹不得。从脸上的触觉，朱翠贞感到自己身下是一大块塑料布，可是室内太暗，什么都看不见。现在是早上，或是中午？

大喊了几声，没有任何反应，只有空洞的回响，囚禁她的地方，该是个没有家具的小房间。

她试图挣扎，费尽力气，终于翻过身来，手脚上的绳子却没有丝毫的松动。绳子特别的细小，挣扎过后，手腕和脚踝异常疼痛，可能是磨破皮了。

这是绑架吗？

朱翠贞不算特别富有，好歹是香港最大饮食集团的高层。二十二岁大学毕业，念的是特别不好找工作的社会工作专业，过了八个月的失业无薪假期后，勉强找了家西餐厅上班，怎料一帆风顺，转眼二十年，从见习经理，做到现在的餐饮部营运总监，兼集团董事局成员，年薪差不多两百万，加上多年来的积蓄，赎金不超过五百万的话，一定可以拿出来。

为了她的安危，丈夫不会舍不得花这个钱吧？结婚十年，这点信心她还是有的……不是吗？丈夫本来只是个餐厅经理，若不是她的关系，没念过大学怎可能当上分区总经理？虽然一直有谣言说他滥用职权，每次到餐厅巡视时都会对年轻女侍应毛手毛脚，但我对他总是充满信任……我没生过孩子，身材一直保持得很好，不说的话，谁知道我四十一岁？

不！不是绑架！是为了那个案件！

不会是杀人灭口吧？虽然有份参与，但也是逼不得已的，主席暗中授意，董事局里差不多每个人都知道，我一个人反对也没用呀！真的要杀人灭口，恐怕要把整个董事局都干掉。

在朱翠贞想到原因之前，房门徐徐打开，外面的光线涌进，朱翠贞一阵目眩。

习惯了亮光之后，朱翠贞看到一个逆光的人影站在门前，她快速打量一下：这地方建筑老旧，环境空荡，看来是一家废弃的工厂或是一个偏远的货仓。

这个人缓缓走近，穿着覆盖全身的雨衣，面上戴着口罩和实验室用的防护眼罩，完全看不出他的样貌和身材特征。

“你要多少钱？”朱翠贞大着胆子，直接问这个人。

他却缓缓地摇头，压低声线说：“不是为你的钱。”

“那为什么要捆住我？”

“也不是为了捆住你。”这个人走到朱翠贞脚旁，把一个爬山扣扣在她脚上的绳子上，扣的另一边已绑上绳子，绳子连到一个滑轮装置上。

接着左手伸进口袋掏出一把小折刀，拇指轻轻推出刀锋，“啪”的一声刀锋锁定在刀柄上。这把折刀伸展后长度也不超过二十厘米，但寒光四射，看来十分锋利。

这个人按下墙上的一个按键，启动滑轮装置，绳子慢慢地向上收紧，把朱翠贞倒吊起来。

朱翠贞已明白自己的生命走到尽头，仍用仅有的力气和希望求饶。

“放过我！求求你放过我！你要什么我都……”

这是朱翠贞短暂的人生中最后一句说话，而且还没讲完，左边咽喉的大动脉已被利刃割开，本想说出的语句，变成喉咙里咯咯的响声，伴随着滚热的鲜血喷发，成为冒着血泡，但无人听见的遗言。

因为地心引力，鲜血持续自颈上的伤口源源向四周喷洒。朱翠贞尚存的模糊意识终于明白，地上铺满塑料布，以及这个人身上穿上雨衣、戴上眼罩口罩的原因。

* * *

同僚都叫她“班班”的班丽华，名字来自东汉有名的美女皇后阴丽华，可惜班班辜负了替她起名的爷爷的一番心意，没有长成一个阴柔婉淑的大美女，反而性格、外表和打扮风格都与男性没两样；也没有如祖先般文武双全[1]，在重案组里当了两年见习督察，没立过什么非升职不可的功劳，独立破案纪录更是零。

电梯里的班班，手里捧着一大叠文件，这些文件都是鉴证科的同事努力了八个小时后得出的结果，包括弃尸现场和尸体身上的指纹及掌纹检测、死者的血型及病历检定报告，以及大量由法证摄影师拍摄的纪录照片。

对于这些关乎生死的资料，他们都不太信赖互联网和电子邮件，所以即使时间紧迫，依然用最传统的手法，把材料打印出来，让负责警员亲手领走。幸好鉴证科与重案组位于同一座大楼，坐电梯就可往来。

心底里视何雅欣为奋斗目标的班班，在电梯里便迫不及待打开文件来看。死者失去双掌，不能套取指纹及掌纹，尸身经过仔细的清洗，没有任何凶徒的指纹或衣服纤维。死者的 DNA 检定报告还没出来，但即使做好仍不能立即确定死者身份。DNA 不像指纹，可以随时在指纹资料库内找出目标，必先收窄范围，例如近期失踪人口，再搜集含有该失

1 “班”这个姓在汉朝十分威风，名人辈出，如名将班超、史家班固、才女班婕妤等。

踪者 DNA 的物质（如毛发、体液、皮肤等），与死者的比对，才能确认。

低头看着资料，从电梯里出来的班班撞到从另一部电梯匆匆走出来的人，资料散落了一地。

“对不起，我……”班班看清楚自己撞到的人，原来是马进，“啊！马 Sir！真不好意思。”

班班本来已很害怕，站在马进身后的仔仔，却对她做了个鬼脸，更以手势比画着“这次你麻烦大了”。班班不敢怠慢，马上蹲下来收拾。

“没事……”马进并没有生气，当看到散落地上的文件夹上印着 IB（鉴证科的缩写）时[1]，连忙也蹲下来帮忙。马进一边捡起文件，一边快速地翻看，但没找到他要的东西。

“班班，凶器鉴定报告呢？”

“呃……好像没有看到……”

“好像没有看到是什么意思？是没有报告，还是你没有看到？”马进最讨厌含糊，无论是说话还是动作，他的要求都是两个字：准确。

仔仔又对班班打了个眼色，意思是“我早说了”。

“可能是……还没做好……”班班怯懦地回答。

“可能？”马进站起来，把班班手上的文件夹都拿过来，“不要用猜的，现在回去鉴证科，看他们凶器鉴定报告做好了没，做好的话马上拿给我。”

1　鉴证科的英文全称为 Identification Bureau。

“不过……”

没有让班班说下去，马进以手势向仔仔示意，把证物袋交给班班。

“这是刚才我们再去弃尸现场找到的新物证，是从墙上刮下来的油漆样品，叫鉴证科的同事查一下油漆的来源，制造商、批发商之类的。”

班班接过证物袋，并试图反驳：“马 Sir，我刚从鉴证科回来，所有做好的报告我都拿走了。”

马进翻了一下手上的文件夹：“但我要的不在。”

“能够帮助证明死者身份的资料，都在你手上。”班班还不死心。

“我要的是能够证明凶手身份的资料！”马进虽然按捺住脾气，但声调已明显提高，“死者已经死了，他是谁一点都不重要。对我们警察来说，尸体只是其中一件物证，用来找出谁是凶手的物证！”

“可是……”

“这个凶手一定会继续犯案，现在到底是死了的人重要，还是生命受到威胁的人重要？”

仔仔见形势不对，悄悄向班班打了个手势，示意她快点离开“凶案现场”。

“Sorry Sir（对不起，警官），马上去。”班班回身按电梯，当电梯门打开，立即冲进电梯里。

电梯关上门前，马进突然伸手挡住电梯门：“提醒他们与法医联络，注意颈部和手腕切口的骨头，找找有没有卡在骨骼里的金属碎片，有的话一定要找出金属的来源。”

被吓得不轻的班班频频点头。

马进放手，电梯门马上合上。马进回身问仔仔：“为什么班班的表情好像很害怕？”

仔仔耸耸肩，尽量以无所谓的语气回答：“可能……第一次接触这么凶残的案件吧！”

马进也耸耸肩，然后朝自己办公室的方向走去，跟在后面的仔仔心里琢磨：一个对死者毫无怜悯之心，但又担心活人安危的人，算不算有同情心？

4

电脑屏幕上是马进用手机拍摄的后巷照片，经过简单的光暗对比处理后，涂在墙上的“卒”字图案变得清晰。仔仔在网上随便找了几张象棋的照片，与之对比，看来确实蛮像一颗象棋棋子。

仔仔把照片都调成黑白，更加方便比对：“这是一颗象棋没错，可怎么证明是凶手画的呢？”

“单凭一个图案没法证明。”马进肯定地说，“我们只能推测，这条平日几乎没人进去的死巷，为何会出现这样的图案？如果是街头涂鸦，用的应该是有颜色的油漆，而不是透明的。我闻过它，仍然有天拿水的气味，也能很轻易从墙上挖下来，表示图案才涂上去没多久，还没完全干透。具体是什么时候涂上的，就要靠鉴证科去化验才知道。”

“一般凶手会尽量避免留下证据，特意留下一个图案，是什么心态？挑战警方？”

“这是目前看到的最大的可能。不过，我不是说过，我对凶手的心态没什么兴趣吗？杀人有太多的理由，可能是仇恨、可能是嫉妒、可能是为了金钱、为了感情，可能是一时冲动，或者以上皆是；也有可能纯粹只是为杀人而杀人。人性太复杂，杀人的可能性太多，我不想浪费时间去理解。警察不是心理学家，没必要去研究杀人犯的心理，我只想知道他会不会有下一步，以及下一步是什么？我们唯一要做的，就要抢在他前面，阻止他再次杀人。”

马进讲得确有道理，也符合他一向的处事风格——注重逻辑及实证，但异常冷酷。仔仔内心却不太同意马进，正所谓知己知彼，了解凶手的心理，不是更容易推测出他下一步的动向吗？要不，为什么我们都要接受犯罪心理学的训练？

当然，这只是仔仔心中所想，绝不会在马进面前说出来，以免招来教训和鄙视。记得初来重案组时，他审问完一个凶杀嫌犯后，兴奋地向马进报告，说他已承认了杀人罪，马进面色严峻地向他训话：承认了又怎样？明天他可以推翻证供，上法庭的时候他可以不承认自己讲过。如果没有足以令他定罪的物证，他说再多也没用。有证供而没物证，就如看医生只听他诊断，却没有拿到药一样。

自此，若非有确切的罪证，仔仔不会向马进汇报，以免被他讥笑为“无药神医”。

“那么，我们的下一步是什么？”仔仔看看手表，已是下午三点半，距离兰桂坊无头男尸的发现时间，刚过了十二个小时。

“先通知 AB 两组的同僚，五点前回来报到，把所有收集回来的材料交给你和班班，整理好之后，六点钟开会讨论。我到楼上休息一会儿。”

由案发到现在，马进完全没有休息过，歇一会儿也是应该的，不过，给警员休息的房间不是在楼下吗？

“马 Sir，你不到楼下睡一会儿？”

“不，我上去健身房锻炼一下，可能会想到些什么。”

看着他离去，仔仔心里想，怪不得马进一直单身，像他这样为了工作，连自己都不爱惜的人，怎可能懂得爱惜别人？

* * *

头脑和身体，哪一个比较重要？

年轻时的马进，经常思考这个问题。那时的认知是：动脑筋的，和用体力的，是两种截然不同的人。譬如，他父亲是个小说作者，纯粹靠脑袋的运作，构思出笔下世界，体力大小，与写作一点关系也没有。所以记忆中，父亲永远都把自己关在房间里，从来不做任何体力活动，包括到楼下超市买酒，都需要马进代劳。

父亲本是个绝顶聪明的人，足不出户专心致志地用脑，脑袋却越来越不好使，那件事之后，他再也没有写成一部作品。

为了学费，当时未满十八岁的马进，每天下课后，都到超市打工，美其名曰“理货员”，实则是专职在货仓扛货物。各种体力劳动，并未令他的学业退步，反而以优良的成绩考进中文大学。货仓的工作经验，不单为他带来了学费和生活费，更让他亲身体会到，适当的劳动，反而令头脑灵活，对学习和记忆都有莫大帮助。

马进尝试把这经验告诉困在写作瓶颈期同时长期握着酒瓶的父亲，他只是以不屑的语气、不清的口齿说：“我写作三十年，要你来教我怎么写？”而对于经常锻炼的马进，父亲的评价是：“肌肉发达，头脑简单！”

即使马进反驳说，施瓦辛格拥有商学及经济学双硕士学位，龙格尔是悉尼大学的化学工程硕士，得过麻省理工的奖学金[1]，父亲对闭门创作的坚持仍然是至死不渝。事实上，他正是暴毙于书桌上的。

自此，马进确定，脑袋再好，也不会带来更好的身体；但强健的身体，绝对会令你有更清晰的思维。当了警察后，马进虽然用脑多于用力，但从不放过任何可以锻炼身体的碎片时间。譬如现在，他就在警局内的健身房，举着50公斤的杠铃做负重深蹲，同时，让脑袋尽量放空，只集中在发力的肌肉上。

一具尸骨未寒的无头男尸正等待他主持公道，一个暗藏着利器的凶手正蠢蠢欲动，但此时的马进，尽量令自己的思想不要集中在眼前的案件上，因为他知道，身体进行着剧烈运动时，脑内会释出多巴胺[2]，让人有轻松、愉快的感觉，这个时候，只要让大脑放松，往往有意想不到的想法。

若真有所谓破案的灵感，这就是马进制造灵感的方法。

当第二组第十五次深蹲完成，把杠铃放回支架上时，一个残局的名字突然出现在马进的脑海中——“引虎吞钩”。

是“卒”这个象棋图案令他想起这个残局？还是一个人名，一个代号，一次行动的名称？他暂时没有头绪，但他知道一定是某种线索。

马进扛起杠铃，正准备做最第三组锻炼时，一个中年且顶着大肚腩

1 Arnold Schwarzenegger（阿诺德·施瓦辛格）和 Dolph Lundgren（道夫·龙格尔），均为好莱坞知名健美先生、动作演员。

2 多巴胺（Dopamine）是脑内分泌的化学物质，负责传递兴奋及开心的感觉，并有助提高记忆力。

的警员气急败坏地冲进来，喘着气说：“马 Sir！马 Sir！第二个，第二个……”

马进放下杠铃：“第二个什么？”

警员喘了一口气，擦擦额头的汗珠，接着说：“第二个，死者！”

* * *

从兰桂坊往山上走，有大量蜿蜒的山路，名字都特别奇怪，既难懂又难记，因为大都来自往日管治香港的英国高官姓氏，或是英伦地名，譬如云咸街、奥卑利街、坚道、上亚里毕道，以及第二具尸体被弃置的亚毕诺道。

“尸体弃置在一个高 1.1 米的垃圾桶内，盖子盖上，放在垃圾收集站外。”最早到场的警员许宏图对马进说，“正常收集垃圾的时间是晚上九时，所以看到这个垃圾桶在外面时，收集站的员工觉得奇怪，便打开来，发现里面的尸体时，吓得大声尖叫。我刚巧在附近，便过来看看。”

许宏图是重案组的警员，马进的下属，为何会碰巧在附近？因为他正是被委派到这一带搜寻目击者的 A 组警员，这收集站距离第一具尸体被发现的地方，直线距离不到五百米。

“收集站员工有没有看到弃尸过程？”马进问许宏图。

“没有，当时他们在收集站二楼的办公室内，从闭路电视看到有人把垃圾桶推过来，所以才下来看的。”

“没看到推垃圾桶的人？”

“人在画面之外，看不到。”

“刚才是下班时间，附近的人应该很多，没有人注意到吗？”

“我已叫巡逻警员在附近询问过，暂时仍未找到目击者。”

“厢型车呢？有人看到昨晚那部可疑车辆吗？”

“下班时候，中环一带的厢型车可能超过三千辆[1]，没有人会特别有印象吧。”

马进环顾四周，皱了皱眉头。许宏图说得也是，下班时间这段路人多车多，谁会注意一部厢型车或是一个推垃圾桶的人？

确定鉴证科同僚已收集了垃圾桶上所有微细物证，以及拍摄好照片后，马进命警员帮忙，把尸体自垃圾桶抬出，放在担架上，与法医袁定邦一同做初步检验。

这具如废物般被遗弃的尸体，与昨晚的几乎一模一样：一样被割去头部和双手，一样的苍白无血色，身上只剩下内裤，从脚踝上被绳缚造成的淤痕，很容易推测得到，血液是怎样被放光的。

唯一不同之处是，第二个死者是女的。

“女死者年约三十五到四十五岁，身体上除肢体断口及绳缚痕迹外无表面伤痕，没有明显受到虐待或者性侵犯的迹象，死因可能与昨日的

1 香港的不少商人为求更宽敞舒适的乘车空间，也方便有时在车上开会，宁可选坐厢型车而不坐欧洲名贵房车，所以上下班时候，中环的主要道路都停满厢型车。

死者一样是失血过多。”法医一边检查一边说，“死者身上亦无任何外科手术或者剖腹生产的疤痕，健康状态看来良好。具体报告要回去解剖后再给你。”

马进预期，解剖结果也会跟昨天的一样。连续两天杀人，凶手的日程安排未免也太密集了。

马进背后传来向上司敬礼的声音，一听而知是何雅欣到来。

何雅欣走到马进身旁，蹲下来查看尸体。眼前泛白的遗骸并未令何雅欣感到恐惧退缩，她自法医的工具箱抽出一双塑胶手套戴上，轻轻在尸体的手臂上戳了一下。

“看来死了还不到十二个小时。”何雅欣叹了口气，“可能，昨天她还在想着今天晚上会吃什么，这个周末该去哪儿。”

马进耸耸肩：“也许，昨天她还在烦恼这个月的租金和信用卡还款，或者今天该换个什么发型。现在什么烦恼都没有了！”

何雅欣转脸盯了马进一眼：“大家都说你没同情心，我同意。”

马进再次耸肩，表示无所谓。

何雅欣站起来，看看四周：“无论死者生前是个怎样的人，她也是一个人，即使成了尸体，都不应该受到垃圾一样的对待。”

何雅欣再低头看着尸体，以她所学的犯罪心理学来分析：“把头和双手砍掉，再把尸体弃置于后巷、垃圾站这种环境恶劣的地方，都是凶手有意无意间把死者去人格化的表现，凶手不把人当人，明显是人格扭曲，也是个高度危险罪犯。”

何雅欣还没说完，身旁的马进突然站起来，拿着手电筒，四处照射。

“你在找什么？”

“棋子。”

“棋子？”

“没错！”

马进在垃圾收集站里里外外，以手电筒上上下下地来回照射了好一会儿，又拿出手机拍了好些照片，但面部表情一直都是沮丧的。

这个收集站的清洁水平非常高，里外光洁平整，没有看到任何凶手留下的图案。马进问过收集站的主管，他们每天早上九点和晚上十一点都会做大清洗，尸体被发现后，他们已停了所有的工作。

凶手选择这个弃尸地点，不可能不知道这里的运作，图案应该在弃尸的同时画上，为何这次没有？

5

这种矛盾心情，每次在调查连环凶杀案时都会出现。

没有一个警察希望看到第二具尸体，但每一个警察都知道，因心理异常而造成的随机杀人，是无法预测的，只有一个受害者的话，成功破案的机会极低。

若接连出现类似的受害者，显示凶手有计划地杀人，破案的机会也因而提高。因为同一模式出现第二次时，就不是随机事件，而是有预谋的杀人计划。

只要是计划，就有执行的程序；只要有程序，就能推算出步骤，就有先发制人的可能。

第二个死者带来更多的线索，让马进觉得自己距离凶手又近了一步。

发现“卒”的图案时，马进已预测死者不止一个，事实证明了他猜对了。一方面马进为自己的推算准确而暗自骄傲，另一方面，也为自己的这种自傲心态而惭愧——毕竟，他没有能力阻止第二宗凶案的发生，只是被动地期待它出现。

难道他真的如何雅欣所说，缺乏同情心？

马进大学毕业后，选了警察这条路，本来跟大部分同僚一样，是为了伸张正义，但在此后漫长的与罪犯斗智斗力的过程中，马进逐渐感到迷失……

正义到底是什么？

重案组有点像医院里的癌症专科，天天都跟死神打交道，能救活的没几个，看的最多的是死尸，听的最多的是家属的哭哭啼啼。随年月流逝，你慢慢地、日积月累地变得麻木，变得不近人情。

当死亡成为你生活的一部分时，唯一令你感到快乐的，就是把导致死亡的元凶揪出来狠狠教训一顿，如外科医生以利刃割掉被癌细胞侵蚀的器官，毫不留情。

打败罪犯的快感，成为支撑马进的动力来源，无关正义。

连续两天死了两个人，但第二个图案并没出现，第一个图案只是偶然？还是他没时间画下第二个？

已经让对手领先了一局，让殓房多了一具无名女尸，需要确切的证据来加速他的破案速度。

马进脑里揣着对正义、对案情的疑惑，与仔仔向着西区公众殓房走去。第二名死者的尸体，已移送到这里由法医进行解剖，研究死因。

每次进入殓房的大门，必然听到呼天抢地的悲鸣，仔仔至今仍然受不了，总是加快脚步，马进却和在殓房工作的人一样，早已习惯了悲恸的哭声，面上毫无表情。

仔仔拿着笔记本走在马进身旁，一路向他汇报A组警员收集的口供：“在兰桂坊只找到一个可以提供线索的证人，是个酒吧老板，昨晚凌晨打烊后看到一部黑色厢型车停在发现尸体的小巷外，时间是凌晨二时半左右。”

“为什么他会注意这辆车？”

“本来是没有注意的，但这辆车在他面前驶过，突然停车，然后才倒车回到巷口，所以看了一眼。”

“看到驾驶员吗？”

“没有，车窗好像贴了反光贴膜或者拉下了帘，完全看不到车里的人。”

“有没有问过他当时听到什么声音？”

“这个……”仔仔急忙翻找手上的笔记本，却找不到相关的记录，“好像没问……”

“太大意了，这个警员是谁？叫他马上找这个证人再问清楚！”每次马进得不到问题的答案，就会变得焦躁，“回去真的要好好跟他们上一课。任何现场调查，除了要清楚知道证人看到什么，还要问他听到、闻到，甚至感觉到什么！”

“如果证人听到疑犯的声音或者谈话内容，警员应该会记录下来的……”仔仔有点心虚地说。

“我指的是任何声音！”马进虽然有点着急，但仍向仔仔讲解，“譬如厢型车的门声，如果是砰的一声，就是司机上下车的关门声；如果是“嘀”一声，就是电动侧门开关时的声音，疑犯到底是单独行事，还是有同党，不就可以凭开关门的声音推测了吗？”

仔仔用力地点头：“明白！一会儿我会再问清楚。”

“第二个现场呢？”

“那时是下班时段，那段路人多车多，又没有商铺，来往都是途经的人，很难锁定访问对象。”

马进深吸一口气，摇了摇头，使劲拉开面前的门，大步踏进殓房。

殓房内的低温空气涌出，仔仔不禁打了个哆嗦，急忙把外套的拉链拉上，在大门关上前闪身进去。

* * *

平躺在冰冷的不锈钢床上，这个不幸的女人一天内第二次受人刀俎。

操刀的同样是法医袁定邦，尸体送来才一个小时，他已完成了初步的解剖，呈粉红色的内脏都已掏空，整齐地放在旁边的容器内。

能有如此效率，因为香港法医的经验都相当丰富，原因之一是香港法医的数目比较少，也因为香港法医的工作广泛，不似英国法医般只需解剖尸体，有时也要协助鉴证科做伤者或嫌犯的身体检查。此外，香港的死因裁判官条例规定，只要符合条例内列举的死亡情况，便可无须经过家人同意而进行解剖[1]，这也是法医工作繁重以致经验格外丰富的原因所在。

凭着资历以及早上解剖第一具尸体的经验，袁医生语气肯定地对马进总结说："死因同样是短时间内失血过多，内脏几乎都呈现失血性缺氧……"

袁医生指向旁边的内脏："正常的内脏都是血红色的，你看，它们都已经变成粉红色！能够这样的大量出血，应该是颈动脉被割破，再加上倒吊造成。我相信与今天早上的死者是同一种行凶手法。"

1 有些国家，例如日本，除非怀疑是谋杀案，否则必须经家人同意才能解剖死者遗体。

“有没有中毒、被迷晕，或者服食过量药物等等反应？”

“单靠肉眼检查胃部和肠道，没有发现任何残留的药物，但准确的结果要靠验血才知道，虽然她的血几乎被放光，但测试肝脏组织也可以知道有没有中毒。”

“凶器呢？”

“颈部和双手的切口不算整齐，应该不是电动锯造成；但也不算参差，而且骨头上有拖动刀锋的痕迹，我猜是手动锯片，或者是非常锋利坚硬的军刀。”

马进缓缓点头，因为法医的判断与他的想法暗暗相合。

在这个无论温度还是气氛都令人颤抖的环境里，只有长期和尸体做伴的袁医生，可以保持轻松平和的语调，继续表达他的意见：“割开颈动脉是一种很有效的杀人方法，死者所受的痛苦不算多，大概一分钟左右就会陷入休克状态；割去首级和双手，也是很有效的掩饰死者身份的办法，目前我们警方的资料库根本没有从身体或者 DNA 找出死者身份的数据。可是，为什么还要把血放掉呢？清理血迹可不容易啊！这个女死者体重大概 50 公斤，成年人血液占体重 8% 左右，就是 4 公升了。”

“是因为方便移动尸体。”马进推断，“你想，如果一边移动尸体一边淌血，一定会引起注意。而且，人血的腥臭味道也很容易引来其他人，或者猫狗的注意，太不方便运输了，今天凶手还挑了下班时间来弃尸。”

马进突然想到一件事——

凶手把尸首放进垃圾桶内，再推到垃圾收集站外，根本没有在现场逗留过。收集站每天早晚清洗两趟，也没可能在昨晚留下图案。

马进要求法医把鲁米诺试剂喷洒在尸体身上，法医本是有点疑惑，但也听从了马进的请求。

尸体的正面只有伤口附近出现大量反应，于是他们把尸体反过来，再喷一次试剂。在手提紫外光灯的照射下，尸体的背部果然呈现发出蓝白荧光的图案——一个圆形，内里写着一个“兵”字……

* * *

手里拿着仔仔和班班整理的档案，马进踏进嘈吵的会议室，重案组的警员都在这里争论着对案情的看法。原定晚上七时的会议，因为第二个死者的出现，延至十时，虽然已超出了工作时间，但同僚依然拼劲十足，这个凶手的残忍手法，令大家都有了共同目标，渴望尽快制止这个杀人魔继续行凶，所以不论日班或夜班的同僚，都来到会议室，掌握最新的案情。

何雅欣带着一个年约四十的男人进来，这个像高级行政人员多于警察的男人，穿着剪裁合身、质料高档的西服，头发梳得整齐服帖，皮带和皮鞋都配合得一丝不苟，一望而知，他是个绝不需要上战场拼命的高级警官。

何雅欣马上介绍："这位是港岛区O记[1]的高级警司高明楝高Sir。"

当众警员正想起立时，高明楝伸手示意大家不用敬礼："大家请坐，时间不多。"

"高Sir手头上有一单Case（案件），有可能跟这两天的连环凶杀案有关联，所以想听听我们的进展。"何雅欣说。

马进也不作耽误，马上指派任务："仔仔，A组同事收集的口供都整理好了吗？跟大家讲讲。"

仔仔拿起手中的笔记本，大声朗读出他归纳出的总结："A组同事在两个案发现场，都没有找到直接目击疑犯弃尸的证人，唯一较接近的是一个酒吧老板，于昨晚凌晨二点半，看到一辆黑色日产Elgrand厢型车倒车停在第一现场，并且听到司机开车门的声音，但他记不住车牌号码，也不能肯定车上有多少人。第二现场完全没有人留意弃尸的过程。

仔仔讲完后，轮到班班总结法医的验尸报告，高明楝默默听毕，然后严肃认真地说："我认为，死者很有可能是轩龙集团两名失踪的董事局成员，岳少华及朱翠贞。"

警员们闻言，同时发出一声低呼，因为他们正是近期最热门的"混合油案"中的有关人士。

1 警官：在香港，见习督察及以上的职位统称"警官"，以下的统称"员佐级警察"。有组织罪案及三合会调查科（Organized Crime and Triad Bureau，简称O记）。

“混合油案”指的是香港最大饮食企业轩龙集团被揭发近十年来自东南亚非法入口劣质油，混进正常食油中，以增加利润。这种事情，若发生在一般小餐馆里，可能没什么大不了，但轩龙的生意非常广泛，既有入口食品、也开设连锁餐厅、生产包装食物、蛋糕、饼食等，每年生意额数以百亿计，若所用的食油有问题，香港几乎每个人都有机会吃到。

事实上，已有医学专家提出，港人肠癌、胃癌病发率比十年前翻倍，很有可能是由于长期食用问题油制品所致。

“混合油案”即将进入司法程序，若当中两个关键人物被杀，集团主席，香港十大富豪之一的刘凯明很难摆脱杀人灭口的嫌疑。

高明棟按动键盘，屏幕投影出岳少华和朱翠贞的资料和照片，岳少华是轩龙集团的财务总监，朱翠贞是餐饮部营运总监，两人都在前天开始失去联络。

仔仔马上对比两方面的数据，发现年龄、身高和体重，都极为近似。

“尽快安排他们的家属认尸吧。”马进对仔仔说，“死者是他俩没错。”

“马 Sir，这么快你就能下结论？”高明棟早已听闻重案组马进的功绩，只是单凭两张照片就能作出推断，未免快了一点。

“给高 Sir 看看那两个棋子图案。”马进指示仔仔。高明棟听到“棋子图案”，不自觉地皱了皱眉头，不太明白与案件有什么关系。

仔仔应诺了一声后，调出于第一凶案现场及第二死者身上找到的图案。经过处理成为反差较大的黑白照片后，图案清楚显示是“卒”和“兵”

两枚中国象棋。

这两个图案，也引起了在场警员们的好奇心，都期待着马进的讲解。

“‘卒’字图案在第一凶案现场，尸体旁边的墙上找到；而‘兵’字图案是在第二个死者身上找到的。”马进稍微停顿，环顾所有同僚，“我本来以为，兵与卒是棋局中最弱的兵种，一般用来比喻没能力的人，是凶手对死者的一种侮辱，把他们形容为没用的、低下的人……不过刚刚我有了个新的想法……”

马进控制鼠标，在屏幕上两个死者的姓名上各画上一个圆圈，标记了他们名字的一部分：“大家看，第一枚棋子‘卒’指的可能是第二个死者——朱翠贞的‘翠’字下半部；第二个死者身上的‘兵’，则是第一个死者岳少华的‘岳’字上半部，只是，我还没想到，凶手留下这些图案的真正意图，为什么要指向另一个死者……”

“可能是预告！”高明楝突然插嘴，“不是互相指向，而是预告下一个死者。第一个‘卒’字预告了第二个死者朱翠贞。第二个‘兵’字指的不是岳少华，而是凶手接下来的第三个目标——林兵！”

高明楝敲了几下键盘，屏幕上投影出另一个男人的照片，上面的资料指出，他是轩龙集团的法律顾问，董事局成员之一，也是“混合油案”的其中一个重要证人。

高明楝提出：“明天，是混合油案开审的日子，轩龙集团七个董事局成员，目前已有两个怀疑身亡。我有理由相信，林兵目前有生命危险。”

“看来要组织保护证人小组，重点保护林兵。”何雅欣看向高明棟，高明棟颔首表示认同。

“单凭两个图案就说林兵有危险，会不会太武断了？”仔仔有点担忧，“而且，凶手留下的线索，你们不觉得明显得有点过分？”

“我们宁愿相信这是凶手故意留下的，宁愿因此而多付出警力，也不能让他再次行凶。”何雅欣认真地说。

仔仔、高明棟，以及在场警员都同意地点头，只有马进如深渊般沉默，似乎已陷入自己的想法之中。

第2章

我们地狱见

1

皮肤白得毫无血色，双眼失去灵魂，在目前这个情况下，并不是文学修辞，而是写实地形容了岳少华和朱翠贞的脑袋。

这两颗脑袋离开它们的身体，已经超过24小时，他们的灵魂，是不是已经像身体里的血液般，一点一滴地流干，还是依然萦绕着他们的主人，久久不能散去?

“人到底有没有灵魂？”这个问题，“将军”相信答案是肯定的。

杀了很多人之后，他肯定了，人是有灵魂的。每次，当刀锋割下去时，当子弹打进去时，当绳索套紧时……他都看到一缕青蓝色的烟，自七孔中飘出，他试过伸手去抓，但没有一次能抓住。它是那么的轻，那么的淡，仿如生命的意义。

由此，将军不再为杀人内疚，人死了，不过是转换成一种更轻松更飘逸的模式。人都为自己而活，死了，便不再自私。何况，他们的死，将会成就另一个人的伟大事业，并且成为更多人活下去的动力。

终于走到这一步，明天便是最后的一步了，达成目标之后，将军将会与他的挚爱，离开杀戮战场，到那个可以看到海的地方，一同完成他们的心愿。

所以，他要好好准备，确保行动完美地执行。清洗干净之后，将军把曾是他们的它们，仔细地以保鲜膜包裹起来，收藏在旅行冰箱里。同时，检查所有的武器，确定性能良好。

这次，和以前的每一次一样，计划好的步骤，将会一步一步切实执行，如同下棋，每一步都在他的预计之内，包括他最享受的，喊出“将军”的胜利一刻。

这就是他自称“将军”的原因。

* * *

“还我健康，滚出香港！”“谋财害命，天理难容！”“轩龙大赚黑心钱，市民生命好危险！”

刚来到港岛区裁判署外的何雅欣不禁皱眉，因为到处可以听到抗议团体的呐喊声，看到他们张贴的标语，他们强烈要求轩龙集团为混合油案负上应有责任。

“人太多不好控制。”何雅欣对身边的高明棟说，“万一杀手混在抗议的人当中，会很难识别。”

“混合油案牵连太广，今天是第一天审讯，不止是抗议的人，记者也有很多，他们都在等刘凯明出现。到处都是摄影机，如果我是杀手，就不会冒这个险。”

“如果是你，会在哪里下手？”

“我会挑来这里的必经之路，在路上伏击。”高明棟说着，掏出手机，打开地图，指出上面几个位置，“龙和道、夏慤道、干诺道中、金钟道，我都派了伙计[1]设置路障，彻查可疑车辆。因为杀手有备而来，可能身怀重型武器，所以我已知会飞虎队候命，以及在沿途的大厦天台作出反狙击手的布防。”

何雅欣边听边点头，事实上，她也只有点头的份儿，因为不足二十四小时内，同一案件死者超过一人，同时涉及案情重大的商业犯罪，以及有人在背后操控职业杀手的嫌疑，根据香港警方的分工，这宗“棋局连环杀人案”，已正式交由O记负责。

“早上岳少华和朱翠贞的家人已经证尸，证实了两名死者的身份，下午等完整的验尸报告出来，我会把这两天的所有调查档案都交给你。”

“谢谢！”虽然职位比何雅欣高一级，但高明棟依旧有礼。正如身上西装永远保持干净整齐，高明棟对所有人的态度都总是保持一贯的礼貌，甚至对着罪犯，高明棟也未曾怒吼过一声。O记中有个讲法，谁能令高明棟发怒，谁才真正是坏人中的坏人。

“虽然改由O记负责，但我想向你们重案组借一个人。”周遭虽然嘈吵，但高明棟仍是语气平稳。

“马进？”何雅欣早已料到。

“没错，我觉得他对这宗案件，有他独特的看法。他现在在哪里？”

1　香港警察对同僚的俗称。

何雅欣轻按耳边的通话按钮："马 Sir 现在位置？马 Sir 现在位置？"

无线器材传来带点杂讯的声音，何雅欣听到后，不禁皱起眉头。

* * *

"将军！"马进大声喊了出来。

同时把"车"往前推进三步，对方的"帅"再无退路，胜负已定。

"我不玩了，又是你赢！"有着浑圆脸蛋的小胖子用他浑圆的手臂，将棋盘上的棋子一把扫到地上，负气地说。

"输赢真的那么重要吗？"马进看到小胖子那因生气而鼓起的两腮，忍不住想劝慰一下，"想赢就要多动脑，输了发脾气是没用的。"

"如果输赢不重要，你为什么老是要赢？"

想不到小胖子突然问出这个问题，马进一时之间竟想不到怎样回答，顿时说不出话来。

小胖子也没有耐性等待马进的回答，一脸怒容、头也不回地走了，留下马进和只剩下几颗棋子，有点空虚的棋盘。

他说得没错，马进不禁反问自己，若输赢真的不重要，为什么我老是要赢？

这是他从来没有仔细思考过的问题，如今想想，到底自己是喜欢赢，喜欢破案时的英雄快感；还是他不想输，讨厌挫折失败带来的沮丧？譬如刚当上督察的那年，为了追捕一个杀了同居女友的嫌犯，他不惜从三楼跳下来，以致脚腕严重扭伤，治疗了三个月才能跑步。或者像去年冬天，不眠不休地在寒风中守候了十个晚上，才抓到一个逃脱的杀人犯……

不！这不是赢和输的问题，这不是个人的喜好和选择，马进肯定地告诉自己，身为执法者，破案、抓坏人、保护市民生命财产，都不关乎赢输，而是……

手机突然响起，打断了马进的思绪。

“进哥，你在哪里？ Madam 有急事找你，关于林兵的！”电话那头传来仔仔焦躁的声音。

“反正案件已经交了给O记，已经没我的事了。”马进语气平和地说。

“不！ O记的高 Sir 想让你帮忙，你快点赶来龙和道，他们在这里设了路障，准备……”

“错了！完全错了！”马进忍不住打断。

“什么错了？”

“你知道有个残局叫‘诱虎吞钩’吗？”

“进哥，十万火急呀！杀手随时出现，现在你还有心情下棋？”

“下棋和抓坏人差不多，一步错，步步错……”这时，一阵海风吹来，把剩下的棋子和棋盘吹到地上，马进连忙对仔仔说，“帮我跟 Madam 和高 Sir 说，他们搞错方向了！”

“进哥……”

马进挂了电话，不让仔仔说下去，并开始收拾地上的“残局”。

又一阵海风吹过，马进抬头往大海看去，今日阳光特别耀目，天色也是难得的蔚蓝，可是风势渐渐地转强，白云移动迅速，看来没多久，将会风云变色。

* * *

蒋晓军的大型吉普车，走在城市的道路上，格外显眼，加上他一米八八的身高、轮廓分明的脸型、混血儿般突出的五官、贴身的黑皮衣以及反映出面前路况的墨镜，怎样看都像一个模特儿，或是新晋演员，除非你看到他插在腋下枪袋里的九毫米自动手枪。

跟很多杀手不一样，蒋晓军喜欢高调行事，他不认为杀手就该像忍者般，永远蒙着脸、躲在黑暗之中，连自己都感觉不到自己的存在。他热爱每次开枪之后，清风把硝烟吹过来时，那股带着危险的香气；他也享受阳光下与目标追逐，以死亡让对方感受到生命最后几分钟的可贵。

死亡，每个人都会，每个人都总会遇到，没什么了不起；怎么死，为什么而死，才是令我们与众不同的关键。生命如战场，如何死亡决定了你是英雄，还是个懦夫。

作为掌控生死的杀手，蒋晓军将会为林兵制造一次风光的死亡，不是因为林兵有任何特别，而是他的死亡，将会为更多人带来生机。

吉普车从干诺道中转向金钟道方向驶去，车流突然遇上交道堵塞，蒋晓军把头稍微伸出车外，看到塞车的源头是一百米外的一个路障。

表面上是警方的例行检查，但现在是上午十时，上班高峰仍未过去，这个时候设路障，绝对不寻常，明显就是冲着他而来。

蒋晓军并没因此而惊讶，他已为任何的可能性作出准备，为每种突发情况做了脑海中的预演。既然警察已经出现，他也不用再隐藏，可以索性大干一场。

路障前，每辆经过的车辆和驾驶者都要接受警察的检查。随着车龙慢慢前进，还有不到十辆车，吉普车就会来到路障面前，蒋晓军远远地看到，当中两个警察正朝他的方向偷瞄过来，而从路旁两边靠近的人，也明显变多，应该都是提防他刺杀林兵的便衣探员。蒋晓军留意到，其中一辆黑色丰田皇冠并没接受检查，警察只是对驾驶者微微地点头便放行。蒋晓军猜测，车里的人正被警察保护着。

“这也太过显眼了吧？”蒋晓军思忖，右手暗暗掏出九毫米手枪，同时左手猛地扭转方向盘，使劲踏向油门，驱车朝路障冲过去。旁边只是摆放了雪糕筒[1]，把原是三线行车的道路临时改为单线，吉普车轻易就闯过，雪糕筒被撞得到处乱飞。几辆正在排队等待检查的车被吉普车碰撞到车身，划出长长的刮痕，两个驾驶者停车下来察看，却被警察大声喝止，叫他们马上回到车里。

1 雪糕筒即路锥。

警方虽然早有准备，但没想过蒋晓军会提前发难，当他们作出反应时，吉普车已经快要来到面前。

当吉普车快要撞上其中一个警察时，蒋晓军突然刹车，吉普车猛地停在警察面前，把他吓得面无人色。

其他警察立刻拔枪指向蒋晓军，蒋晓军即时倒车，撞向本来在等候检查的车辆。警察们怕伤及无辜，都不敢贸然开枪。蒋晓军在警察正在犹疑的时候，再一次发动引擎，全速前进。

吉普车冲过路障，警察才敢开枪，但未能制止蒋晓军，吉普车直往刚才离开的黑色丰田皇冠追去，警察们只好立即跳上警车，追逐蒋晓军。

丰田皇冠上的警员很快就发觉在后面加速追上来的吉普车，赶紧透过对讲机向上头报告。

“目标驾驶一辆墨绿色路虎吉普车，车牌 Arthur Jerry 8408，正追着我们……”

连串的枪击声打断了警员的说话，车尾被击出两个大洞，负责驾驶的探员也因为受惊而急忙扭动方向盘，车子在道路上打滑，差点就要翻车，幸好最后稳住了，继续向前。

“怎样了？有没有人受伤？”对讲机传来高明楝紧张的声音。

“没人受伤，但目标快要追到我们了！”警员回答。

“按计划把他引到 B 点，我们要围捕他！”

“Yes Sir！”

丰田朝原定地点加速进发，蒋晓军也全速追赶。

* * *

“Madam，马 Sir 他说不过来了，还说你们……”刚放下手机，仔仔便急忙向何雅欣报告。

“别管他了，刚接到消息，有一辆墨绿色吉普车冲过路障，快要来到。”在 B 点等待的其中一队警员，正是由何雅欣带领，来协助高明棟的重案组探员。

“各单位准备，疑犯车辆即将到达 B 点。”所有警员的对讲机同时响起高明棟的声音。

仔仔朝前面看去，丰田已出现在眼前，却没看到吉普车在后面，正感到奇怪的时候，对讲机又再响起高明棟的声音：“疑犯没有中计，已经调头离开，各单位立即跟踪！”

“难道他已看出车上的林兵是假的？”仔仔问何雅欣，“进哥也说我们这次的计划是错的。”

“谁对谁错一点都不重要，杀手已经出现了，如果让他逃了就很难再找到他！走！”何雅欣说着，以手势指示所有围捕的警员上车，追捕正在逃跑的吉普车。

*　*　*

“林先生，我们的同事发现了杀手，正在抓捕他，裁判署那边现在是安全的，我们可以出发了。”O记警员严建邦对林兵说。

真正的林兵身处安全屋，正由四名O记警员保护着。

“正在抓捕他？那就是还没抓到了？你还敢说我是安全的？”身材略为肥胖，一脸赘肉，年约五十岁但头发仍是乌黑油亮的林兵，以极为怀疑的语气询问严建邦。

“林先生请放心，我们有三队警察在追杀手，其中一队是飞虎队，杀手一定逃不了。”严建邦用肯定的态度说，“案件快要开庭了，你是最重要的证人，我们会保证你的人身安全。”

“保证？凭什么？”林兵一点也不客气，“三队人抓一个杀手也抓不到，你们有什么可以保证？除非已经抓到他，并且确定他就是凶手，否则我不出庭了！”

“林先生，这样我会很为难的……”

“你为不为难与我无关，我不是犯人，我有权决定上不上庭。”

“可是，你有义务……”

“别说了，我是律师，不守公民义务并没有犯法，受到生命威胁的时候保护自己才是我应有的权利。”林兵非常坚决。

在严建邦哑口无言的时候，林兵推门离开安全屋。

一阵强劲的海风吹来，安全屋原来设在观塘邮轮码头上，林兵快步离开，走向早已停在码头旁的私人游艇。

四名警员亦步亦趋，跟着林兵来到他游艇，林兵一边解除船锚一边回头对警员说：“几位阿 Sir，谢谢你们的关心，现在已经没你们的事了，我决定不再当证人，所以你们也没有责任再保护我，就这样，再见！”

严建邦紧张地拉着林兵：“林先生，你一个人离开太危险了！”

林兵大笑：“呵呵呵！出海也有危险？除非他会飞吧！”

“你这样我们很难负责你的安全的。”

“我的安全我自己负责就好！”林兵跳上游艇，发动引擎，但在游艇刚要驶离码头时，严建邦咬一咬牙，毅然跳上游艇。

“林先生，哪怕你不是证人，只要你有危险，我们还是要保护你的。”严建邦挂起笑容，对林兵说。

林兵不可思议地看着严建邦，无奈地说：“随便你吧。”

游艇开动，朝大海驶去，在海与天连接的远处，黑云渐渐聚集，本来是晴朗的早上，变得阴霾密布，暴雨快要来了。

* * *

蒋晓军成功地在警方的布防中制造混乱后，开车穿过西区海底隧道，沿三号干线向着机场方向进发。

五辆满载警员的汽车紧随在后，每辆车都试图超越蒋晓军的吉普车，但没有一辆成功，不是因为蒋晓军的吉普车马力有多强，也不是他的驾驶技术有多好，而是他毫不顾及安全，只管以最快的速度超越面前挡路的车，直奔目标。途中多次与警方的车辆发生碰撞，没有令蒋晓军稍微减速，他只管专心地向前冲，生死置诸脑后。

蒋晓军不是不怕死，而是他正在执行比自己生命更为重要的任务。他经常告诉自己，他的工作，既能让别人死得轰轰烈烈，自己也要随时随地有死得轰轰烈烈的思想准备。

吉普车驶上汀九桥时，蒋晓军看到桥的尽头，已集结了一队飞虎队，他们以重型车辆拦着桥面，以防蒋晓军强行冲过。十来个飞虎队员，整齐地举起轻机枪，指向吉普车。

“已经差不多了吧？”蒋晓军对自己说，然后用力踩下刹车，吉普车打滑，转了四分之一个圈后，车头朝着海面，横着停在了路中央。

一路追赶着蒋晓军的五辆警车，紧接着来到汀大桥，五辆车同时刹车，停在吉普车后不远处。车内的二十多个警员随即下车，同时拔枪指向吉普车。另一边，飞虎队员也以半月形的队形，一步一步地逼近。

蒋晓军摘下墨镜，打开车门，高举双手下车。由始至终，他的脸上都挂着笑容。

三个警员上前，其中一个掏出手铐，正准备把蒋晓军铐上时，才发现他右手手上拿着一个小型的遥控器，蒋晓军轻按遥控器上的按钮，发出轻微的“哔”声。

“有炸弹！”警员大声喊出来的同时，吉普车内的炸弹爆发，警员们和飞虎队立时趴下。

吉普车上的炸弹发出轰然巨响，随即烟雾四散，原来车内装的是个巨型烟雾弹，只有吓人的爆炸声和浓稠的烟雾，却并未把吉普车炸毁。

在所有人的视线被烟雾遮掩时，蒋晓军跳上围栏，再朝大海一跃而下。

几个在烟雾以外的飞虎队员看到这情况，举枪冲上前，朝大海看去时，却没发现蒋晓军掉在海里。正感到奇怪时，汀九桥两端突然响起连串爆炸声，如地震般的震荡令飞虎队员难以站稳。

一只喷射飞行翼从桥底下飞出，当飞虎队员回过神来时，飞行翼已远远飞去。

烟雾渐渐散去，这时他们才都看到，两端桥面被炸出好几个大洞，飞虎队员和警员们，都被困在桥上，眼睁睁地看着飞行翼，越来越小，直至消失于长空之中。

* * *

游艇已靠近大屿山，离开市区有好一段距离，林兵把船速减缓，直至停在了海中央。

“我在船上备好了七天分量的水和粮食，哪怕你要多保护我几天，也不用担心饿肚子，不过……”林兵特别强调“保护”两个字，“却没有适合你穿的衣服，你不是打算一直穿着同一套吧？”林兵说着，狡黠地一笑。

“杀手被逮捕，确保你安全之后，我就会离去。”严建邦没有理会林兵的嘲讽。

“好！如果所有警察都像严 Sir 般尽责，我们这些小市民就不用一天到晚担心给杀了。”林兵关掉引擎，放下船锚。

严建邦的手机响起，林兵向船舱走去，并回头问严建邦：“严 Sir 要喝点白酒吗？”

严建邦摇头：“水就好，谢谢！”，然后接起电话，另一边传来焦急的声音，严建邦听着，脸上露出难以置信的神色。

林兵走下楼梯，相隔了不到三秒，他惊惶的叫声就从船舱里传出来：“你是谁？”

严建邦立时抛下手机，掏出插在后腰枪袋里的 SIG-250-DCc 手枪，向船舱冲去，同时大喊：“里面的人立即举高双手后退，否则开枪！”

严建邦双手持枪，指向船舱，小心谨慎地走下去。

林兵浑圆的身体挡住了大部分的视线，但看来没有受到任何伤害，只是吓呆了。

“林先生，你没事吧？”

林兵摇头，侧身让严建邦向前看。

严建邦依然举着枪，视线随着手枪朝林兵身前看去，只见一个人闲适地坐在船舱内，手里拿着水杯，笑着向他打招呼：“严 Sir，好久不见！”

这个人，竟然是马进。

“马 Sir？你怎么会在这儿？”严建邦边说，边收起自己的手枪。

“你们不是四个人一起保护他的吗？怎么只剩下你一个？”

“等一下，你们先别叙旧，可以告诉我这是怎么一回事吗？”林兵满脸疑惑地看着马进。

严建邦也有同样的疑问，于是一同看向马进。

马进一口气把手上的水喝完，淡然地对严建邦说：“你们都中了疑犯的圈套了。”

严建邦缓缓地点头，语气感慨地告诉马进：“高 Sir 用假的林兵作诱饵，引疑犯落网，却反过来被疑犯引到汀九桥，现在整队人马困在桥上，疑犯却逃脱了……”

“什么？”林兵语气夸张地说，“哈！幸好没有听你们的，要不我早就死在那个什么安全屋里了，还说什么保护我……”

“不一定，”马进打断了林兵的话，“一天没抓到杀手，你就可能死在任何地方。”

“你们还好意思待在这里？快点去抓他吧！”林兵已经开始生气。

“马 Sir 你的想法是？”严建邦问道。

“与其让疑犯牵着鼻子走，倒不如等他自己送上门来。”

“等等！你的意思不就是把我当作诱饵吗？”林兵怒道：“你们当我是什么？如果我有任何危险，谁来负责？”

“你不是说过，你的安全由自己负责吗？”严建邦没有忘记早前林兵的傲慢。

“哼！你们想想，如果我死了，不单是你们失职，全港的市民都会因为混合油案少了一个重要的证人而怪罪警方，这责任不是你们两个人可以负的……”

当林兵还想继续表达他的不满时，游艇突然颤抖了一下，并传来物体撞击的声音。声音来自上方，似乎有什么东西落在了甲板上。

马进和严建邦几乎是同一时间拔枪，严建邦对马进说：“你保护证人，我上去看看。”

“不！”马进连忙说：“小心中计。”

一个物体从楼梯滚下来，严建邦立即以身体保护林兵，物体随即爆发，冒出大量浓烟，原来是一枚烟雾弹。

三人被呛得难以呼吸，马进情急智生，开枪射破了船舱顶部的消防花洒。

浓烟瞬即被花洒喷出的清水驱散，当马进看清楚眼前境况时，赫然发现林兵被人以利刃架于脖子上，一步一步地向后退。

威胁着林兵的，正是蒋晓军。

马进和严建邦举枪向着蒋晓军，然而蒋晓军却以林兵的身体作为肉盾，慢慢地后退，带着林兵走上甲板，马进和严建邦紧紧相随着。

外面下着雨，雨势越来越大，但对他们来说，已没有什么差别了，因为他们早已被消防花洒弄得全身湿透。

“放开他吧，你跑不掉的！”马进对蒋晓军说。

“你很厉害，猜到我的计划，你叫什么名字？”蒋晓军问。

“过奖了，我是重案组高级督察马进，你呢？”

“将军。”蒋晓军的语气充满自豪。

“将军……”马进玩味着这个外号，“我也很欣赏你的外号，作为职业杀手，够高调的。”

蒋晓军皱了皱眉头。“我要收回刚才对你的赞赏，你猜错了，我不是职业杀手。”

“那为什么要杀这些人？”虽然处于紧急状态中，蒋晓军的话仍然勾起了马进的好奇心。

“为了正义！”为了显示他是认真的，蒋晓军回答的同时，左手使劲，刀锋慢慢陷入林兵的颈项，鲜血开始渗出，“我杀的都是该死的人。”

“该不该死是由法律决定的。”马进的语句和眼神同样坚定。

“法律可以代表正义吗？”蒋晓军反问。

“就算法律不可以，”马进严肃地指正他，“你也不可以。”

“救……救我呀……”感受到刀子的锋利的林兵向两位警员哀求。

“放开他！换我做人质吧！”严建邦稍微放下手枪，大声说。

“没必要！”蒋晓军趁严建邦放下手枪的一瞬，藏在林兵身后那握着枪的右手突然伸出来，向严建邦开了一枪。

严建邦中枪倒下，蒋晓军一击得手，以为马进会因而分心，立刻把枪指向马进，怎知马进的反应出奇得快，他在蒋晓军开枪之前，已率先扣下扳机。

子弹朝蒋晓军的眉心射去，按道理，蒋晓军是听不到枪声的，因为9毫米子弹的速度是比音速更快的每秒380米[1]，不足0.01秒的时间，子弹已贯穿了他的头颅，在他的脑袋遭到完全破坏之后，枪声才刚传进他的耳膜。

只是，身经百战的蒋晓军，中弹前一刹那下意识地扣动了扳机，子弹就如他的遗愿一般，射进马进胸口，正正穿过了马进的心脏。

马进也分辨不出，到底是真实还是幻觉，在倒地之前，他听到的最后一句话，是蒋晓军说的：“See You In Hell（我们地狱见）！”

1 正常大气压力下，音速为每秒340米。

2

这是地狱吗?

从伸手不见五指的黑暗中，马进看到面前有一点光明，于是努力地走向前，但身体像是陷于泥泞当中，好不容易才能向前迈进一步。

不知过了多长时间，马进终于置身于光洁明亮的空间之中，而且，闻到了他熟悉的气味。

好像是咖啡厅，又像是图书馆，每次来到这里，马进都不能确定这是个怎样的地方，但总是有种莫名的亲切感。这里有书本的味道、咖啡和蛋糕的香气，让他感到放松、温暖，有一种来自远方、缥缈得像是爱的感觉。

每次，他走过两旁放满书籍的走道时，一个陌生但又熟悉的女性背影都会走在他面前；每次，他都想追上前，看清楚她的脸，但无论他怎样费劲，也始终追不上；每次，当他使出最大力气把她喊停……

“别走！”

马进自梦中惊醒，嘴巴干得像在沙漠中睡了一晚，莫非自己真的在梦中拼命叫喊，才弄得嗓子这样沙哑干涸?

在住院的这段日子里，这个梦他已做了很多遍，梦中的背景、场地也换了很多不同地方，但始终没见到背影的主人是谁。那些场景，都是他不认识的地方，却隐约觉得，这个女人，对他来说是个非常重要的人。

她是谁?

“总算找到你了。”娇嗔的声音在马进背后响起，“怎么可能跑到洗衣房来?”

马进坐起来，环顾四周，原来他躺的不是床，而是一叠又脏又皱的待洗床单。马进不好意思地站起来，把床单胡乱地卷成一团，丢进洗衣篮中。

神秘女人的梦境是一种困扰，但不及梦游的情况来得严重。每每醒来时，马进都不知道自己到底在哪儿，即使在医院已住了整整 18 个月，总是有些地方会让马进大开眼界。

“也幸好是洗衣房，如果是殓房说不定已经把你扔进冷藏柜里了!”

说话的是莫秀，马进的主诊医生，她的语气中没有任何责备的意思，反而更多的是关怀和爱护。

“殓房还好，不过就是冷了一点，最怕的是垃圾房，那天洗澡洗了两次，还是洗不掉那一身的怪味。”马进一边随着莫秀离开洗衣房，一边笑着说。

“对对对，我还特别拿了两瓶消毒水给你。”莫秀也笑着回应。

“后来我才发现，根本用不了两瓶，把它们涂在身上，及不上涂在棉花球，塞在鼻子里有效。”

莫秀听到这里，忍不住哈哈大笑，马进也开心地笑了。他俩的笑声一直蔓延至马进的病房，直至马进坐回自己的病床上。

“老规矩？”看到莫秀把心电图仪器推出来时，马进问道。

莫秀一边点头，一边从仪器拉出几条电线：“当然，PQRST[1]比上星期进步，午饭带你去餐厅随便吃，算我的；退步的话，今天只能吃白粥，怎么样？”

“一言为定。”马进说着，拉起上衣，“莫医生，你说我去信教的话，会不会看来特别的虔诚？没多少人像我这样身上自带十字架的呢！”马进指着自己胸膛上巨大的十字形刀疤，这是将军让他毕生铭记的纪念品。

莫秀被逗乐了，含笑瞪了马进一眼：“笑话太冷。”

“是你帮我开——心的，我也让你开心，这才公平嘛。”

当天中枪送院后，院长詹士仁决定为他进行心脏移植手术，并由刚从国外进修回来的莫秀主理。莫秀成功地为马进“开心”，救了马进一命，马进也成了莫秀第一个换心病人，在这一年半的治疗过程中，渐渐建立了友谊。

“开玩笑会影响检查结果的。”

“别找借口，这顿午餐我赢定了。”

“看过才知道。”

莫秀把电线接在马进胸膛的不同位置上，两人接近得互相感觉得到对方的呼吸，也感到气氛突然尴尬起来，幸好仪器发出‘哔’的一声，

1　心电图上代表心跳的波动图案，分为 P、QRS、及 T 三个阶段，PQRST 是总称，从它们的高低和出现频率，可探测出心脏的健康程度。

检测结果徐徐打印出来，才和缓了气氛。

“不错啊！”莫秀撕下打印出来的纸条，看了一眼，“心律完全正常，复原得非常好，中午这顿饭由我来请客吧，顺便庆祝你可以出院了。”

“真的？”马进感到兴奋，“我自由了！”

看着马进高举双手大叫，莫秀一方面替他高兴，另一方面，也有一丝失落——以后再也不能像现在这样天天见面了。

“以后还是要注意饮食，你就当自己是个心脏病患，高脂高盐的食物都不要碰，烟和酒想都别想！抗排斥药每天要准时服用，同时要注意抗排斥药的副作用。”

“譬如说？”

“因为抗排斥药是免疫抑制药物，很有可能降低你的免疫能力，所以要定期回来检查身体，看看有没有恶性肿瘤、白血球减少、高血压、高血脂、肝肾功能不正常等副作用。”

马进自己动手把电线拔下：“够了够了，还有别的副作用吗？”

莫秀认真地想了想：“差不多，应该没有了。”

“这么多副作用，不如不吃了。”

“不吃的话只有一个副作用。”

“是什么？”

“死！”

马进穿回衣服，从床上起来。“那些奇怪的梦是怎么一回事？梦游又是什么原因？这些都是换心之后才出现的。我上网查过，有些做过器官移植的人说，这叫器官记忆。”

莫秀闻言，表情瞬间阴沉了，但马上又恢复正常：“从来没有科学上的数据证明器官记忆的存在，大部分都是病人之间的传闻，以讹传讹居多。”

“可是，我看过很多关于心脏移植的报道，都说移植心脏的人继承了心脏原来主人的记忆、思想，甚至生活习惯……”

“好了，别再问了，不想去吃饭吗？我快饿扁了。”

马进认识莫秀好一段日子了，知道她不想说的话，她是怎样也不会说的，于是停了追问，装作无所谓地说：“走吧。”

两人一起离开病房，其他医疗人员看到他俩并肩走过，也没有感到奇怪，因为在其他医生和护士眼中，二人早已是一对；只是旁人都看不出，他们之间，总是隔着一堵无形的墙，似乎有一道难以逾越的界线。

3

湾仔军器厂街警察总部的重案组办公室里，时间在马进空置的座位上凝滞了，桌上仍留着以“两日两具无头尸震惊全港”“智擒连环杀手两警一死一重伤”“重案组督察舍身救人生死未卜”为头条的旧报纸。

唯一的变化是，这些报纸，以及钉在桌子隔板上，来自各个部门的慰问卡片，经过一年半的氧化，已经泛起淡淡的黄色，变得干燥陈旧。

桌子上，立着一本属于马进的硬皮笔记本，前面还放了一束小小的干花，像是供奉着笔记本似的。中枪当天，这笔记本紧贴着马进的左胸，因此笔记本的正中央被子弹挖了一个浑圆的洞。笔记本虽然抵挡不了子弹，但减缓了子弹的速度，对于马进的大难不死，或多或少起了点作用，勉强算是马进的救命恩物。

缓缓地走到自己的桌子前，马进随意翻阅报纸上关于自己的报道，看到殉职的严建邦名字前面，都被冠以“神探”“勇探”甚至“猛探”等称号。马进不禁失笑，因为他联想到，只要身亡的是学生，报纸必然以“品学兼优”来形容，但凡男人英年早逝，他必然是家庭顿失的“经济支柱”，发现裸体女性死者，一定是“艳尸”。即使言论最尖酸刻薄的报章，对待死于非命的人都比较宽容，仿佛加点庸俗的赞美，就能让死者安息似的。

周围出奇的安静，马进心里想，清晨七时，正是夜班警员刚刚下班，早班警员上班的时候，为何办公室里空空荡荡，难道他不在的这段日子，编制已经变了？

“砰！”一声巨响从背后传来，马进下意识地作出锻炼多年的连锁反应：拔枪、转身蹲下，搜寻目标……可是，手刚接触后腰，才想起自己刚结束休假，佩枪还没回到自己身上。

“砰砰砰！”连串响声接连响起，马进身上立时挂满彩带和纸屑。马进面前，站着重案组的所有同僚，部分手上拿着刚发射的拉炮，他们看到马进那夸张的反应，爆发出哄堂大笑。

“马 Sir 反应这么快，没理由躲不开子弹的啊？”

“子弹穿心都死不了，还有什么好怕的？”

同僚们七嘴八舌地开马进玩笑，马进也没生气，站起来抓起身上的彩带反击，大家乐成一团。

“先别玩了，我们来庆祝马 Sir 归队！”班班捧着一个大盒子走过来，放在桌子上，然后打开盒子，是一个巨大的蛋糕。

蛋糕的香味飘过来，令马进脑里闪过一个影像——像是一个人，又似是一个地方，但一闪即逝，来不及“看”清楚，影像就消失了，马进感到莫名的失落。

“马 Sir，你没事吧？”班班问发呆的马进。

“没事，没事。”马进回答时，脸上挤出一个笑容来增加说服力。

蛋糕是同僚们特意订造的，外形是“死侍”的造型，上面以巧克力写上“贺不死神探马进勇猛复出”。

“真的把我当作超级英雄了？”马进笑说。

“起码是我们重案组的英雄。”仔仔接话，“大难不死，必有后福嘛！马 Sir 一定会越来越好的，大家说是不是？”

警员们都热烈喝彩，表示同意。

马进神色黯淡："死不了已经是福，严Sir就没有这种福气了。"

提起殉职的严建邦，大家都黯然。

"不过，我一定会帮他报仇的！"马进严正地说。

"凶手不是已经给你打死了吗？"仔仔问。

"我相信，将军背后一定有人主使，这个幕后主脑，才是真凶！"

警员们都觉得马进的话有道理。

"不过，先吃了蛋糕才说吧。"马进拿起刀切蛋糕，气氛又再热闹起来，直至马进背后响起一个声音。

"马进，进来一下。"

马进回头，说话的是打开了自己办公室门的何雅欣。

* * *

"马进，我跟你说最后一遍，把你调到档案室，是上头和医生的共同决定。"何雅欣像母亲般温和。

"我也说最后一遍：我已经完全康复了。"马进说这话时，不自觉地挺胸昂首，好像要令何雅欣更为信服似的。

"让你留在警队我已经尽了最大的努力。"何雅欣尽量保持语气平和，"你换了心，不能做任何剧烈的运动，怎么抓坏人？"

马进以手指戳着自己的太阳穴："破案是用脑的！"

“处理档案也是要用脑的。”

马进流露出失落的表情，作为多年的上司，何雅欣觉得有点不忍：“这样吧，三个月后你再做一次身体检查，如果体能有进步，我再考虑申请把你调回重案组。”

“多谢 Madam！”马进重现笑容，“这三个月岂不是无事可做，白拿工资？”

“想得美！”何雅欣也展露微笑，“还有一件很重要的事——混合油案审了一年多，依然没办法把轩龙集团定罪，主要的证人都因为之前的连环凶杀案而拒绝出庭作证，O 记那边也没有办法了。”

“我在医院一直留意着这宗案件的最新消息，好像没有什么新的进展。”讲到连环凶案，马进又回复认真的态度，静心留意何雅欣的话。

“确实是这样，所以 O 记想跟检控官[1]提议，全力针对轩龙集团的主席刘凯明，指控他买凶杀人。”

“有实质的证据证明刘凯明幕后指使蒋晓军杀人吗？”

何雅欣摇头：“还没有。你是其中一个与蒋晓军近距离接触过的人，你有什么看法？”

“他死前曾经说过，他不是职业杀手，杀人只是为了正义。”

“你相信吗？”

“呃……这样说好像有点不合逻辑，不过，正所谓人之将死，其言

1 中国内地称为检察官。

也善，我总觉得蒋晓军没理由在那个生死关头骗我……你为什么这样看着我？”马进注意到，何雅欣突然用奇怪的目光盯着。

“马 Sir，你变了！”何雅欣解释道。

“我变了？”

“以前的你什么事都讲证据讲逻辑，而且最讨厌人家说‘我觉得’什么的。”

“是吗？可能药吃太多了。”马进憨憨地一笑。

“还治好了你以前不笑的毛病，真的是个‘开心手术’呢！”何雅欣嘲笑着。

马进只能憨笑回应：“可是这案子早就交了给O记负责，我能帮上什么忙？”

“检控官打算传召你作为警方的证人，你就好好准备出庭作证吧。”

“就这么简单？”

“还有，试试劝林兵出庭作证，毕竟你是他的救命恩人，他欠你的。”

马进皱眉，心里面觉得，对他来说，游说一个胆小鬼，比应付一个杀人魔更不容易。

4

从没买卖过房产的马进，向来不太明白豪宅的定义是什么。就以林兵这幢房子为例，它位于铜锣湾大坑道上，渣甸山的山腰，这一带是高级住宅区，房价动辄千万，但就在它的斜对面，是月租才一两千元的公共屋邨[1]“励德邨”，两边的位置、景观几乎一样，价值却天差地别。这样看来，是不是豪宅与它的位置无关，是谁建的，给谁住的，才是重点。

从终日站在大门外的保安、24 小时守在屋内的保镖，可以看出，林兵住在高人一等的住宅里，却未能安居乐业，享受高床软枕的舒适，他依然觉得自己的生命受到威胁。

马进在保镖的带领下，走进林兵的书房。

“马 Sir，请坐，请坐。”林兵堆出职业性的笑容迎接马进。

马进坐下，也职业性地环视了一圈。书房比他自己的客厅还要大，书桌等家具都是花梨木实木雕花，与它的主人一样，浮夸造作的程度比实用性要高得多。唯一可以显示他的职业和文化程度的，是书架上挤得满满的、一式一样的法律典籍。

“真不好意思，一直没有去医院看你。”林兵坐回他那高背的木椅，双手支着下巴，尽他所能以抱歉的语调说，“保镖们都说，像医院这种人来人往的地方，有一定的风险存在，希望你明白。”

1　公共屋邨即“公房”“廉租房”。

马进对林兵从来都没什么好感，当时如是，现在也一样。马进尽可能配合着他的虚伪，但也不忘给他一个提点：“我们当然不希望林先生有任何的危险了，要不我的同事就牺牲得太没价值了。”

林兵没有丝毫的尴尬，理直气壮地接话：“我特意成立了一个基金，保障严 Sir 的家眷生活无忧，孩子可以放心读书直至大学毕业。如果我没有记错的话，基金也愿意提供马 Sir 的手术费和康复费用，只是马 Sir 你不……”

马进打断了林兵的话：“严 Sir 和我要的，绝对不是这些，我们都是执法者，最想得到的结果是真正的坏人落网，正义得到伸张。”

“这一点我非常同意。”林兵拍向桌子，发出不小的响声，“我也觉得真正的坏人，还在逍遥法外。”

林兵的论调出乎马进的意料。“你也觉得这件事有幕后主脑？你愿意站出来指证他吗？”

林兵摇头：“有没有幕后主脑我说不准，但杀手似乎……”

林兵打开身旁桌子的抽屉，拿出一个以塑料保鲜袋装着的东西，放在马进面前：“今天早上在门外发现的，我怕毁了指纹，所以用保鲜袋装着。”

马进拿起袋子，里面装着一枚看来很普通的，以白木制作的棋子，上面漆成红色的雕刻文字，显示这是一枚“炮”。

马进盯着棋子看了一会儿，关于“将军”的所有资料，飞快地在脑海里闪过。用棋子作为死亡预告，确是他的手法，但这是实实在在的一枚棋子，跟之前的不一样。

“为什么不报警？”

“有了上次的经验，我不认为警方有能力保护我。”林兵回答得斩钉截铁。

“我也是警察。”马进提醒他。

“马 Sir，我就相信你一个，你知道怎样对付他。”

“可是，你说的那个‘他’，十八个月前已经死了。”

“如果不是因为你，十八个月前我也死了。”林兵稍顿，“马 Sir，据我所知，你已经不是重案组的前线探员了，与其躲在档案室浪费你的才华，不如过来帮我吧！条件随便你开。”

“好！”马进爽快地答应，“条件只有一个——你要上庭指证刘凯明！”

* * *

打从有记忆以来，校长就跟他说救世主以死亡为世人赎罪，三天后得到重生的故事。

怀抱着坚定的信仰、毕生都奉献给上帝而终生未嫁的校长，是他一辈子见过的最纯真、最正直，百分之百愿意舍己为人的好人。只是，校长的教诲并没说服他信奉上帝，他反而走上了撒旦的道路。

但他没有忘记死亡和重生的关系，要重生，首先必须要死亡。经历过死亡，才有重生的机会。

假如真的有造物主，这次重生，不是一个玩笑，也是一个黑色幽默。他重生了，于是可以带来更多的死亡，继续完成他的任务。

凌晨三时，越过了昏昏欲睡的保安的视线，轻易潜进高级住宅，找寻他的目标。

忘了是谁讲过，死在自己的床上，爱人和亲人都在身旁是最幸福的死法。他掏出心爱的折刀，拉出刀锋，月光下，刀锋反射出冰冷的光芒。未能够儿孙绕膝，确是有点遗憾，但能在自己的床上死去，也算是一种幸福吧。

一秒之后，冷锋染上热血，没有发出一点声音。纯棉的枕头，瞬间吸收了所有从颈动脉流出的血液。

刀锋在用料优质的被子上揩擦过后，马上变回光洁闪亮，高档货就是好用。

他又逗留了一会，完成剩下的“工序”：离去之前，没有忘记在床边放上一枚棋子。

他要向全世界宣布，他回来了，所以任务一定会继续进行，即使牺牲再多的人……

5

赫然醒来，嘴巴干涸，双眼模糊，室内的闷热使身上满是黏稠的汗水，枕头和被子却已不知去向。

马进揉揉双眼，看清自己躺在窗台上，阳光渗进屋内，看来时候不早了。

医院住太久，回到自己的家，反而不习惯，接连的失眠，逼得马进要服用安眠药才能入睡。然而住院时两个大烦恼——乱七八糟的怪梦，以及起床时不知身在何处的梦游——倒是阴魂不散地跟着他。

马进匆忙起“床”梳洗，同时回溯昨晚的梦境——

又是一处从未到过的地方，但这次没有明亮的咖啡厅，也没有怡人的蛋糕香和书香，只有无尽的黑暗。

然后他看到刀光，看到血，看到自己右手提着刀，左手抓着一个人的头发，刀锋朝他脖子划去……

然后他听到枪响，他手里的刀不知何时已变成了枪，他举枪向前，毫不犹疑地开枪……

然后他看到站在面前的，竟然就是自己！那这个自己胸口中枪，倒下……

然后他猛然醒来……

以滚烫热水唤醒头脑后，马进穿上家里最得体的一套西装，赶赴林兵的家。今天是林兵答允上庭的日子，他必须信守承诺，保护林兵免受伤害。

其实，比起一年前的信心十足，马进对这个可能出现的杀手，心里根本没底。

假如林兵仍然在刘凯明灭口的名单上，为何事隔一年半才再次发出死亡预告？

不过一枚棋子，真的就是死亡预告？或者只是一个无聊的玩笑？

无论如何，能让林兵答应上庭作证，已不负何雅欣所望，至于林兵的安危，马进已通知了高明楝，派员暗中保护。

两个小时之后，林兵的七座厢型车驶进裁判署的地下停车场，坐在副驾的马进首先下车，观察过并无问题之后，四个保镖才前后左右簇拥着林兵向电梯走去。

升降机门打开，“嗡”的一声巨响在马进脑里响起，心脏仿如再度中枪般受到冲击，马进呆住了……

一秒钟的沉默过后，马进感到自己的心脏从体内不断敲打着胸口。

保镖们看到马进的表情，立时警戒起来，把林兵挡在身后。

“马 Sir，怎么了？”其中一个保镖问。

马进口干舌燥，久久说不出一句话。

保镖们看向电梯，只见一个女子从电梯里走出来。女子年约二十七八岁，长发扎成清爽的马尾，颚骨的角度让她看起来并不和善，但分明的五官又为她添上几分冷艳。

女子经过马进身边，没有看他一眼，但马进却呆呆地目送女子离去。

“马 Sir，那个美女该不会是杀手吧？”林兵忍不住调侃，保镖们忍俊不禁。

马进回过神来，感到抱歉：“不好意思，以为见到熟人了。”

马进连忙走进电梯，故意往斜上方凝视着显示楼层的数字屏，以掩饰自己的窘态。

这女子他根本不认识，为何有如此强烈的感觉？与她素未谋面……不！他一定见过她，一定在某个地方见过她……不！不只见过，他跟她还是……

即使坐在法庭里，马进却无法集中精神，脑里不断搜索着记忆，但怎么也想不起这女子究竟是谁。

时间一分一秒过去，离原定开庭时间已经晚了半个小时，审讯仍未开始，来听审的人已开始发出不满的声音，控辩双方的代表律师都在交头接耳，讨论到底发生了什么事。

马进留意到辩方的其中一个律师，看来似曾相识，好像在医院见过……

大约一年前，马进的身体仍未完全适应新的心脏，大部分时间都在病床上昏睡，做着各式各样奇形怪状的梦。

偶尔在阳光明媚的下午，马进会耗尽全身气力下床（连下床也要耗尽全力，的确十分悲哀，当时的马进这样想），一步一步地、慢慢地走到医院外的小公园，和里面的老人家下棋，以排解苦闷。

这天，当坐在对面的老头子聚精会神盯着棋盘，想着如何扭转败局时，一个声音响起："你输了。"

老头子不服，抬头正想反驳时，这个人更快开口："你是和人下棋，不是和棋盘下棋，你一直盯着棋盘，完全不看对手，怎么可能赢呢？"

老头子自己也知道无法取胜，正好为自己找个下台阶："有本事你来！看你有多厉害！"

老头子边说边起来让座，这个人老实不客气地坐下了。

"你好，我叫车家伟。"

"你好。马进。"马进和他握手，简洁地介绍自己。

马进打量一下穿着病人服的车家伟。车家伟大约三十岁，看来住院的日子不比马进短。最容易在外观上判别留医时间长短的方法，就是看他的头发：一是头发蓬松、明显欠缺打理的；二是修剪过，但发型如军人般千篇一律的；三是戴着帽子，以遮掩化疗造成的光头。这三种都是长期住院病患。车家伟是第一种。

车家伟坐下，诚如他所说，他看马进的时间，比看棋盘要多。这个下午，棋逢敌手……

手机震动，把马进拉回现实，低头一看，是高明楝的来电。

“马进，审讯又要延期了。”

“为什么？是刘凯明的问题吗？”

“不，是负责这宗案件的法官——他死了！”

“什么？”马进震惊的同时，往车家伟的方向看去。一个庭警走到他身边跟他说话，看来是报告跟马进刚刚听到的同一个消息，律师先是惊讶，随即——马进不敢肯定自己有没有看错——脸上闪过一抹诡异的笑容。

第3章 梦中人乍现

1

坐下来的时候，马进仍然喘着气，深深吸了一口气，停住呼吸，再缓慢地呼出来，反复三次之后，情况才稍微舒缓。

“先喝口水吧！”高明楝递上一杯水。

“Thank you Sir（谢谢长官）！”马进接过水杯，喝了半杯才放下。

口中坚称自己已康复，但马进心里知道，手术后体能明显比以前逊色，加上长时间缺乏锻炼，身上的肌肉以及心肺功能都大为退步，不过是赶来高明楝的办公室，已经气喘吁吁。

“知道找你来的目的吗？”一如既往，高明楝身上是符合他身份以及身材，剪裁贴身、用料高档的西装，语气也是平静从容，如果不是身处 O 记的办公室，而是在五星酒店的咖啡室里，旁人必定以为他们是金融界的青年俊彦。

“为了法官被杀的案子？”

“答对了一半，因为法官被杀，可能只是个开始。”高明楝把桌上的显示屏幕转向马进，“你的‘死’对头，好像复活了。”

屏幕上是法官谋杀案的卷宗——死者“戴乐能”，英国籍，58 岁，在香港担任法官超过二十年，年初离婚，妻子与一对儿女已回英国定居。案发时独居于罗便臣道寓所。

死亡时间初步鉴定为昨晚凌晨三至四时，死者头部及双手被切去，现场并未发现断肢及凶器，亦未有任何足以鉴别疑犯身份的物证。

马进注意到最后一项证物：一枚木制棋子，上面是红色的“车”字。

“这棋子……”

“没错，法官身上放着的这枚棋子，跟昨天你带来，在林兵家里发现的是同一款。”高明楝解答了马进的疑问。

“昨天林兵家里的是一枚‘炮’，跟法官有什么关系？”

“你看看法官的本名。”

马进朝法官的资料看去，“戴乐能”是当年来香港工作时改的中文名字，他的原名是 Derrick Cannon，Cannon 不就是大炮吗？

原来并不是开玩笑，林兵的棋子果然是死亡预告，而法官的死状，跟之前的两个死者完全一样。

“法医今晚会有验尸报告，而鉴证科也会尽快交出凶器报告。如果手法和凶器不一样，有可能不是之前两宗案件的凶手，而是模仿犯。你说呢？”高明楝问。

“模仿犯罪一般出现在连环凶杀案，连环杀手为了向知名的、经典的连环杀手‘前辈’或‘偶像’致敬，才会用相似的手法杀人。”马进分析道，“但蒋晓军是个职业杀手，没有什么模仿的价值。既然不是模仿犯罪，用类似的手法去杀人，很有可能代表，新的凶手是蒋晓军的同党，他要完成当年蒋晓军未完成的任务。”

高明楝边听边点头：“这个可能性看来挺高的。”

“法官的死亡与棋子的出现，表示杀手已经设定了下一个目标，很快就会再次行动，我们必须在下一个受害者出现前，逮到凶手！”

“没错，这就是我找你过来的另一个原因——我想你过来O记帮忙。”

马进双眉扬起，对高明楝想法感到诧异。

“我已经问过 Madam Ho [1]，她说你仍在康复阶段，不适合在重案组担任前线工作。”

“体力确实还没完全恢复。”

“但是档案室里没有坏人啊！把你留在里面也太浪费了，倒不如来帮我吧！”

“警队内部调迁，申请要花好几个月，我怕到时候，已经有很多人头和双手不见了。”

“你在重案组还是处于停职留薪的状态，就是说，你是在放假。休假时候来帮帮朋友，给点意见而已，不用申请的，Madam Ho 绝对没问题。说不定你能像上次一样，几天就破案了！”

“这样的话——好吧！”马进爽快地答应了。

“好，那我们先为这个新的杀手取个代号。”

“蒋晓军虽然死了，但新的凶手很有可能是他同党，所以，还是叫

1 何雅欣。

他‘将军’吧。”

高明楝点头同意，把“将军”二字输入嫌疑犯旁的空格当中。

* * *

“子弹击中眉心，有可能不死吗？”身处西餐厅的昏暗灯光和柔和音乐之中，马进发起的话题跟环境完全不相配。

幸好坐在他对面，正用刀叉切着五分熟牛排的，是与生死为伍的医生莫秀，才不会感到太过唐突。

“如果子弹在脑内乱窜的话，几乎不可能生存；如果没有，就要看子弹有没有破坏脑干、运动神经中枢之类。”

“不是也有些例子，脑部中枪但死不了的吗？”

“大部分脑袋中枪而生还的人，都是非常幸运的，子弹卡在头壳，没有真正进入脑部。又或是子弹完全贯穿，但没有破坏重要的组织。”莫秀放下刀，指着自己两眼之间的鼻梁，“可是，刚刚说的那些重要组织，都在两眼之间，所以眉心中枪最难救活。”

“我也是这样想，眉心中枪，必死无疑，不可能是同一个人。”马进一边说，一边向盘子里的炸鱼块拼命加辣椒汁。

莫秀看着马进，感到有点不对劲：“你吃辣的吗？”

“我不吃辣的吗？”马进反问。

“印象中你以前没那么喜欢。”

“那是因为在医院里，根本没有选择，而且你也不让我吃，”马进尝了一口，感觉不是味儿，“西餐的辣椒真不够劲，一点味道没有。”

莫秀笑了笑：“辣其实不是一种味道。”

“那是什么？”马进再把一块完全染成红色的鱼块放进嘴巴里。

“辣跟甜酸咸苦等味道不一样，它不是用味蕾去感受的，它是对皮肤或者黏膜的刺激，所以你把糖涂在手臂上不会感到甜，把辣椒涂上去却有辣辣的、热热的感觉。”

“就是喜欢这种热辣的感觉。”

莫秀掩嘴一笑：“没问题，下次吃麻辣火锅。”

“好！”马进兴奋的声音有点大，引起邻座不满的眼光，马进俯身向前，向莫秀靠过去，小声说，“连医生都批准我吃刺激性食物，看来我已好得差不多了。”

马进的靠近，让莫秀有点脸红：“心脏中枪也死不了，一两顿麻辣火锅怎么可能要你的命？”

“那是因为我幸运，遇到你。”

马进语带双关的话，让莫秀的脸更为滚烫：“不止是我，还有直升机上的急救员、医院里的其他医生护士，还有捐……”

马进把手放在莫秀的手背上，莫秀有点惊讶，说不下去。

“大难不死，必有后福，就是我受伤之后最大的体会。”

莫秀尴尬地把手抽回来："菜都凉了，吃完再慢慢说。"

马进识趣地把手收回，顺势改变话题："你说的没错，下次吃麻辣火锅，就不怕聊天时菜变凉了。"

莫秀点头微笑回应。

即使笑容看来温暖明媚，不知为什么，在马进眼中，还是觉得莫秀在拒绝他。

2

壁报板上，"将军案"的资料贴得满满当当。

年半前的两名死者朱翠贞（卒）、岳少华（兵）和逃过一劫的林兵（兵）旁边，是最新的死者戴乐能（炮）的照片。拍摄时，四人必定没有想过，有朝一日照片会出现在高明楝的办公室里，成为受害对象。他们的笑容，全都充满对未来的憧憬，对比现况，是一种残酷的讽刺。

四人的照片上面都画上了一条黑线，黑线的尽头是被马进击毙的蒋晓军，由于找不到任何蒋晓军生前的照片，板上贴的，是他的死状——两眉之间有一个五毛硬币大小的弹孔，而他的双眼跟弹孔一样，空洞无神。脑后是大片的血迹和被击碎得散落满地的大脑组织。

高明楝不太喜欢血淋淋的面，所以这张照片是黑白的。

“马Sir你的枪法真的不错，正中眉心，不偏不倚。”高明楝调笑说。

“如果枪法够好，应该打中他的脑干或是运动神经中枢，令他即时死亡，就不用受这一枪了。”马进指着自己的胸膛，无奈地说。

蒋晓军的遗照上方，是一个手绘的人脸线条，上面写着“将军”二字，下面是一个大大的问号。

“蒋晓军的身份到现在都查不到？”马进问。

高明楝摇头：“在尸体上找不到任何可以证明身份的文件或者资料，他生前驾驶的吉普车是以‘蒋晓军’这名字租用的。入境处的资料显示，蒋晓军生前的几个月，曾经多次出入香港和台湾，但我们跟台湾地区的警方核实过指纹和DNA，根本没有蒋晓军这个人，相信他一直用的都是假护照。”

“这样，可能要跟台湾警方配合，看能不能找到曾经和蒋晓军接触过的人，顺藤摸瓜找出将军。”

高明楝点头同意。

“怎么看这次将军的预告？”高明楝走到壁报旁，食指和中指轻敲戴乐能照片旁边那张红色“车”字棋子图片。

“真不晓得将军到底是喜欢下棋，还是喜欢玩文字游戏？”

“两样都喜欢吧。不过‘车’字的含意太多了，范围太大了，可能是轩龙集团的‘轩’字，也可能是负责集团两百部货车的运输部门主管。还有一个姓车的，你看，混合油案的辩护律师，叫车家伟。”高明楝把车家伟的照片放在马进面前。”

“车家伟？”马进想起那天在法庭上，车家伟的那一抹诡异笑容。“这个人我见过……”

“在法庭上？”

“是……”马进搜索着自己的脑海，“不过之前在医院也见过……”

长期失眠和做噩梦的一个后遗症是，马进的记忆力明显衰退，更确切地说，是记忆混乱，脑海里不时出现一些分不清是真实记忆，还是虚妄幻觉的片段，连最近发生的事，都没有十足把握记得准确清楚。但对曾经在棋盘上和自己血战了一个下午的车家伟，他还是有清晰印象的。

“我不敢肯定律师会不会也成为目标，不过，戴乐能跟轩龙集团也没有直接关系，即使法官死了，案件仍是要审讯下去，换个法官就可以继续，拖延不了多少时间，可是他还是对法官下手了。”

“将军的行事标准本来就难以理解，既然他是个职业杀手，本来就应该直接干掉目标，为何还要费神做预告，让目标有所准备？”马进分析说，“我认为他首要的目的是增加受害人的心理压力，濒死恐惧是心理上最大的折磨；其次是显示他艺高人胆大，敢于向警方挑战之外，连法官和律师都不放过，是对法律的藐视，也是令所有涉案人士闭嘴的一种有效的威胁。”

“为什么要连累无辜的人！”高明棟向来平静如水的脸，罕有地露出愤慨表情，“要杀，就把跟混合油案有关的全杀掉，为了钱不管老少一律毒害，连基本道德都没有，这些混蛋才是该死的！”

高明楝的话令马进若有所悟，隐隐约约之间，他看到一点关键，但这个想法仍需要进一步证实。

高明楝继续表达他的不满：“最重要的证人林兵这次真的吓怕了，已经正式拒绝再上法庭。林兵本身是个律师，应该知道我们会申请禁制令阻止他出境，所以我猜他很快会离开香港去避难。”

“我去劝劝他吧。”马进知道高明楝跟他说这番话的原因。

“如果让林兵走了，混合油案最终可能会因证据不足而让刘凯明逍遥法外。”

马进站起来：“我会尽力而为的。”

“好！”高明楝把桌面上的一个文件夹抛给他，“验尸和化验资料，在路上看吧。

马进接过文件夹，准备转身离去。

“小心杀手呀，别忘了你现在没有佩枪。”

“放心，我名字里没有车字。”

“马也是棋子啊！”

“高明楝的‘楝’字跟‘车’字有点像，你自己才要小心一点。”马进背着高明楝摇了摇手，离开办公室。

高明楝笑了笑，心里想，这也相差太远了吧。

3

“为富不仁，没错，我想起来了，发财立品相反就是为富不仁！”因为记起这个成语，计程车司机兴奋得用力拍在自己的大腿上，由于动作太大，握着方向盘的手抖了抖，令车子在路上左右晃动了一下，马进手上的文件，大半被甩到地上。

马进弯腰去捡，司机没有任何歉意，自顾自发表他的伟论：“为富不仁说的就是刘凯明这种人，赚再多又怎样？靠害人赚来的钱可以花得安心吗？自己不怕报应，也怕报在子孙身上吧？你说是不是？”

“是！当然是！”马进随口应答着，没什么兴趣跟他讨论下去，只是把文件重新排好次序，仔细地阅读着，在脑中构想着案发现场的情况。

死在家里自己床上的法官戴乐能，死因与岳少华和朱翠贞一样，被利刃割破颈部大动脉，导致大量出血，造成失血性器官缺氧。死后马上被割去头颅和双手。看着文件附带图片上那个不算平整的颈项切口，马进感到头晕目眩，随之而来的不是呕吐感，而是……而是……连马进自己都说不出来，一种像是亲手触碰过，又或只是存在于梦中，分辨不出真假的熟悉感。

投身警队至今，马进看过太多尸体，加入重案组后，接触尸体的机会也大大增加，不过“接触”只是一个形容词，为了保存物证完整，他从来没有真的用手触碰过尸体或者伤口。

然而，看着戴乐能颈上那个血色的空洞，马进竟然有用手触碰过的印象，甚至在脑里浮现出自己双手戴着外科医生手套，在伤口上来回移动的画面……

“应该是想起了当日法医为岳少华验尸的场面吧……要不怎么可能有这种记忆？”马进对自己解释。

只不过，当读到凶器调查报告时，他又“看”到自己的右手，拿着一把军刀，在脖子上来回拖动……

司机继续念叨着，马进几乎已听不到他说话的内容，晕眩感有增无减，马进摇下车窗，让灌进车厢的空气把自己吹醒。他甩一甩头，尽量令自己集中精神在报告上。

在法官颈骨里，找到微量的金属物质，估计是刀子砍过颈骨时留下的，经化验证实是 CPM-S30V [1] 钢材，目前正在做比对化验，找出凶器的类型，但估计是猎刀或军用折刀，因为 CPM-S30V 是户外及军用刀具常见的质材。

至于那两枚棋子，并不是市面上能轻易买到的量产象棋，而是由人手雕刻而成，这样的话，便不能透过销售渠道来追查犯人，唯一的发现是，棋子上有着和法官颈骨里一样的钢材，由此可以推断，杀人犯和雕刻棋子的是同一个人。

1 这是由 Crucible Materials 公司生产的粉末不锈钢，是一种新型工具钢，主要用于刀具上。不同国家、地区的钢材的金属含量都有不同，检测钢材有助于找出凶器来源。

棋子所用的木材异于寻常，不是一般用来做棋子的松木、白桦或山毛榉。鉴证科下一步将会查证棋子究竟是用什么木材制成的，从来源上入手调查。

军刀、棋子、割喉……马进脑海里充塞着这些画面，挥之不去，由此听不到司机的多番呼唤。

“先生！到了！”司机提高了声调。

马进恍如在梦中惊醒，看出车外，才知已经到达林兵家门外。

马进匆匆付钱下车，向着林兵家的大门走过去。林兵的其中一个保镖，带着一个人，经过正门的保安亭走出来。

“马 Sir！这么巧！”车家伟马上认出马进，主动过来向他打招呼。“我们多久没见了？”

跟在公园下棋的第一次见面比较，车家伟变得容光焕发，仿如换了一个人似的。笔挺的西装搭配梳理整齐的发型，量身定制的蓝色衬衣配上白色衣领，领口上还有三角形的金属装饰。

唯一不变的，是他金色眼镜框内，那自始至终充满自信的眼神。

“车律师，你好。好像快一年不见了，你应该比我早出院吧？”马进没想过会在这个地方跟他碰面，“来找林先生？”

“是的。”

“林先生是控方证人，你是辩方律师，好像……”

车家伟马上打断：“我刚毕业的时候曾经在林律师的事务所实习，

他算是我半个恩师，来跟他老人家见面叙旧，有问题吗？”

“没问题，只是不太合适……”

“没问题就好。”车家伟堆起笑容，无视马进的质疑，“看马 Sir 的状态，已经恢复得七七八八。”

“还不错，你呢？”

“完全好了，”车家伟右手在空中比划画下棋的手势，“上次还没分出胜负，我们什么时再来一盘？”

马进扬起双眉：“择日重赛。”

车家伟竖起大拇指：“好！择日重赛。”

车家伟递了一张名片给马进，向他做了一个打电话的手势后，便跳上自己的银色奔驰跑车，扬长而外。

除了喜欢象棋之外，他们两人还有一个共同的目标，只是，马进现在还没发现。

4

离开林兵的住宅，从大坑道走下山，经过摩顿台、铜锣湾道，沿礼顿道向跑马地方向走去，不到五分钟，就会闻到浓浓的、油腻的香气。

追寻香气的来源，你会发现源自一家位于礼顿道和加路连山道交界处的小店。这家“丹麦饼店”五十年来每天不停制作驰名的炸鸡腿和热狗，由于生意太好，它一直没有时间装修翻新，被油烟熏得黑乎乎的墙壁和天花，看来实在不太美观，但这一点都没有影响它受欢迎的程度。

马进每次经过，都忍不住买一只炸鸡腿，即使莫秀要他远离油炸食物，他也敌不过这香气的诱惑。

小学时马进在附近的公车站候车上学，这香气每天都钻进他尚未发育的身体里，成为他朝思暮想、期望能咬上一口的梦中美食。可是三块钱对当时的他来说，简直是天价。直到一次父亲因事与他同路，看到他眼中充满贪婪、但又不敢说出口的神色，终于买了一只给他。

马进永远记得，第一口咬下去时，皮是脆的、肉是嫩的、肉汁是烫嘴的，那是他九岁的人生中，吃过最美味的东西，也是为数不多，与父亲有关的童年欢快回忆。

对父亲的记忆，日渐褪色，他的样貌、他的声线、他说过的话，已经慢慢消磨成为泡影；只有伴随着气味的往事是不会失忆的，无论何时，只要你想到一种食物、一个场景，当时的气味便会立时涌现，无需刻意记起。

刚才林兵拒绝了马进的建议，坚持不再参与混合油案，并将于日内离开香港，马进软硬兼施，也不能改变林兵的决定。

怀着不悦的心情，马进正把排队买来的鸡腿塞进嘴巴里，准备以童年的欢乐来冲淡郁闷时，他的心脏再次受到冲击，怦然心动。

一个身影在他面前，踏着轻快的步伐经过，从礼顿道走进加路连山道。看着这个背影一步一步远去，马进那颗住在身体里不到两年的新心脏跳得一下比一下快，就像快要从胸膛里跳出来，扑向那个背影似的。

这个在裹在宽松针织毛衣里的瘦削身影，就是每晚在梦中见到的背影，就是那个无论如何都追不上的背影。

“别走！”马进突然蹦出一句他每晚在梦里都会说一遍的话，把他自己，以及在他身边经过的路人，都吓了一跳。

“背影”没有听到马进的叫喊，继续向前走着。马进决定这次一定要看清楚她是谁，于是他用了出院以来最快的速度走上前。

当他走近女子的身后时，女子也停了下来，并不是因为她发现马进在跟踪她，而是她到了一家咖啡店门外，随即推门进去。

玻璃门关上，马进于门外止步，他不曾记起，这辈子有像此时此刻这般紧张过，哪怕举枪与蒋晓军对峙时，马进依然从容面对，而面对一个只在梦中见过的背影，究竟自己在恐惧什么？

抬头看去，咖啡店名为“星相咖啡”，马进盯着招牌，考虑了五秒钟，深呼吸了三次，缓了下狂乱的心跳和紧张的情绪后，为了得到正确的答案，他终于推门走进。

* * *

“欢迎光临！”一阵开门的风铃声过后，是一个与风铃同样清脆的声音。

光是这个声音，已足以把马进的灵魂勾引出来。

当他踏进咖啡店，站在收银台后的女子笑语盈盈地看着他，马进终于看到她的容貌——她就是当天在停车场电梯遇到的那个女子，那个令马进刹那间出神的女子。

现在她站在眼前，向他展示着礼貌性的笑容，两人距离不足一米，近得可以闻到她身上香水的前调。

“一位吗？”女子语调轻柔地问。

马进激动的心情仍未完全平复，半晌才挤出一句说话：“是……没错……一个人。”

女子从柜台拿了一份菜单，一杯白开水，把马进领往座位。

马进刚迈出第一步，眼前的情景已教他惊讶不已——走道两旁是跟墙壁同样高度的书架，上面满满都是书籍。不是一般咖啡厅摆放的流行杂志，而是真正的，带有书香的书本。

两旁是放满书籍的走道，面前是一个陌生但又熟悉的女性背影；周遭飘荡着旧书本的独特味道、咖啡和蛋糕的香气……这不就是他做了不知多少次的梦境吗？

与梦境唯一的不同，是她不再遥不可及，她就在伸手即可触碰的距离，她……

“先生，坐这儿可以吗？”她问。

是一个靠窗的座位，马进坐下，随意点了一杯咖啡。

“第一次来？”

马进点头。

“要尝尝我们最出名的起司蛋糕吗？”

“有鲜蓝莓的那种？”马进冲口而出。

女子扬眉：“啊？你知道？是朋友介绍的还是看过杂志的采访？”

马进也不明白为何自己知道，随口应答：“朋友介绍的。”

“好，稍等一下。”

女子转身离去，马进不舍地看着她的背影。

这地方对马进来说，既亲切又温暖，他努力回想着，是什么东西勾起他的回忆。

是旧书的霉菌味道？是散发在空气中的哥伦比亚咖啡豆香气？是起司蛋糕的甜腻？还是她身上幽幽的柑橘香水味？

我认识她吗？怎么会对她有如此强烈的感觉？为什么有一种重遇的喜悦？我不记得与她之间的事情，心头却隐约泛起一种爱的感觉；可是，我不曾记起，我爱过这个人；甚至不曾记起，我爱过任何人，自从父亲死后。

当她把一片蓝莓起司蛋糕放在他面前时，马进把她留住，鼓起勇气问：“我们认识吗？”

她的表情似笑非笑，语气带点调侃：“这种搭讪女孩子的开场白，不会太老吗？”

马进焦急了：“不，我是认真地问。我感觉我们是认识的，但怎么都想不起来。”

“你叫什么名字？做什么的。”

“马进，是个警察。”

她又轻轻一笑：“我没给警察抓过，也……没听过马进这名字……”

“那……请问你是……”

“我叫陈相如。”她伸出手，“咖啡店是我开的。”

马进伸手与她相握：“陈小姐你好，幸会。”

握手的时候，马进才发觉自己的手心都是汗，感到十分尴尬，很快就把手抽回。

陈相如轻轻展露笑容：“叫我相如就好……你看来也挺脸熟的，不过我也想不起在哪里跟你见过面，反正，现在我们认识了，欢迎以后多来光顾。”

“一定，一定。”马进带点口吃地说。

陈相如的相貌，不是传统意义上那种眼大脸尖的美女。她的双眼小而圆，但有着坚定而凌厉的眼神；她爱笑，但笑容带点冷酷；颚骨较宽，令脸部轮廓稍带方型，肤色也有点黝黑。五官和脸型，分开来看的话，都不算精致，可是，合起来时，却产生了神奇的化学作用，美得不现实，像在梦中才能存在……对，就是在梦中！

“马先生！马 Sir！”手捧着托盘的陈相如轻声把正在发呆的马进唤醒。

“不好意思，我……”马进也觉得自己的行为太过奇怪，但又不知道如何解释。

“试试我们的招牌蛋糕，需要什么再叫我。”陈相如把起司蛋糕放在马进面前，然后转身离去。

马进把一小片蛋糕放入口中，又一番新影像涌现：隐约看到海，听到潮浪声，闻到海风的咸味，陈相如捧着一个刚出炉的蛋糕，递到他面前，还以手指挑了一块，塞到他嘴巴里。

那蛋糕的味道，和眼前这一片，一模一样。

味道是不会失忆的，所以这个影像里的事情，一定曾经发生过，只是，跟之前所有于脑中出现的影像一样，马进无法记起它们的来源，也猜不透自己跟陈相如有什么关系，但那一次又一次出现的情景，以及情景中那甜蜜温馨，让马进几乎可以肯定，他俩之间，在某个时空中、某个地点里，曾经相爱过。

按捺不住好奇心，也不能容忍这些幻觉无止境地在脑中盘旋，他决定要问个究竟。他把已凉的咖啡一口喝光，往收银台方向走去，打算向陈相如问个清楚明白。

马进刚迈出一步，便听到门口处传来开门的风铃声，却未听到陈相如那清爽的“欢迎光临”应答，而是一句亲昵的：“今天这么早！”

马进加快脚步走过去，看到眼前的情景时，心脏又一次遭受到强烈的打击。

5

本来是再正常不过的画面：男人来到女人的店，愉快地拥抱，男人在女人的额头上轻轻地吻了一下。

给予马进心灵打击的是,女人是他的“梦中情人”;而男人,是车家伟。

马进调整呼吸，尽量让自己看起来心情平静，走向他们。

“马 Sir！”远远看到马进，车家伟热情地打招呼，“今天我们真有缘啊！又见到你。”

“你们认识？”陈相如虽然这样问道，但语气中似乎没有太多的惊讶。

车家伟接话：“认识啊！我们在医院已经认识，还下过象棋呢！轩龙的案件，马 Sir 也参与，是不？”车家伟转向马进。

“是，我们早认识，不过轩龙案跟我……没什么直接的关系。”

“哦？所以今天你去找林先生，并不是为了案件的事？”

“跟你一样，去叙旧。”

车家伟淡然一笑，马进也以笑容结束了这个大家都不想透露内情的话题。

车家伟说：“相请不如偶遇，马 Sir 如果没有别的事，不如在这儿吃顿饭吧？”

陈相如也附和：“我们虽然是咖啡店，食物水平也不比其他餐厅差，马 Sir 赏脸试试？”

为了探求真相，马进爽快地答应：“好！那我就不客气了。”

车家伟于是转头对陈相如说：“你去做菜，我跟马 Sir 先来一局。”

车家伟再对马进说：“择日不如撞日，马 Sir 你没意见吧？”

“当然没有。”

“马 Sir，你有什么喜欢和不喜欢的口味？”陈相如问。

“无所谓，你做主吧。”

“好，可是做出来，无论好不好吃你都要把它吃光啊！”陈相如甜甜一笑，马进看到，不禁心头一紧，因为这句话，也像是以前听她说过的。

“放心，难吃的话我来吃。”车家伟说。

“你才难吃！”

“对，我是很难吃的，你怎么知道？”

陈相如笑着用拳头捶车家伟手臂，然后转身往厨房走去。

看到二人打情骂俏，马进心头冒出嫉妒，问车家伟："你们在一起很久了？"

车家伟想了想："不能说长，也不算短……曾经分开过，又回到一起。"说话的时候，车家伟的眼神向厨房飘去。

"不错呀，你们挺——般配的。"

"谢谢！马 Sir 你结婚没？"

"差远了，女朋友也还没有。"马进苦笑。

"太投入工作，影响私生活呀！"

"从来没有。"

"没有影响？"

"没有私生活。"马进无奈地耸肩。

车家伟大笑，同时搬出了一个精致的木制棋盘，上面放着同样精致的水晶象棋。

三局下来，马进竟然全部败阵，哪怕只是游戏，好胜的马进脸上不禁出现沮丧的表情。

"马 Sir，今天注意力很不集中呢！"车家伟没有取笑马进，反而流露出一点关怀。

马进有点尴尬，不好意思说出自己分心的原因，是因为对陈相如有着莫名其妙的记忆；更不敢说出，他连这些记忆是真是假都分不清楚。

"没什么，睡得不好，有点疲累而已。"马进也没有说谎，睡得不安宁，确是他其中一个最大的苦恼。

"要注意一下了。你知道吗，有专家说，人活得不称心，百分之六十源自睡得不好。"

"还有百分之四十呢？"

"吃得不好。"车家伟笑着说。

"这专家是你吧？"马进也笑了。

陈相如捧着几份热气腾腾的食物走过来，车家伟一边看着陈相如，一边继续说下去："是谁说的不重要，重要的是说的都是事实。"

陈相如把托盘放下，车家伟轻搂她的肩膀："有个好女友，吃得好，睡得好，自然心情好。"

"你们在说什么？"陈相如不解地问道。

"说你的好话。"车家伟答话的同时，以一个额上的吻作为备注。

马进的心又扑通了一声，一种带点苦涩的味道从心底涌起，卡在喉头，不上不下。

陈相如把托盘上用盖子盖着的食物一一放在桌子上。"希望马 Sir 你喜欢吧，我随便弄的，有辣的，也有不辣的。"

马进留意到，陈相如卷起的袖子下，右手的手腕上，有三四道自杀的痕迹，从疤痕的颜色看来，已经是一两年前的事。

陈相如把盖子一一打开，香辣的味道霎时充满了整个空间，闯入马进的嗅觉神经，马进的脑海又翻起一波巨浪。

“你们一定饿了，别客气，快试试。”陈相如一边坐下一边说。

“谢谢，我不客气了。”即使有点失礼，马进也不管了，拿起筷子夹起一块辣子鸡，急忙放入口中。

辛辣的味道钻进味蕾，又是一种久别重逢的感觉，似是回到家乡，再尝一口儿时最爱的味道。一滴泪珠自眼角偷偷滑下，难道，这就是所谓的幸福？

“太辣了吗？”陈相如问。

马进咳了几声，顺势把眼角的泪水拭去：“不，只是吃太快，呛到了。”

“不用急，做了很多，慢慢吃。”

“这是职业病，习惯了用最快的速度吃饭。”

“这样会对胃部不好呢！”

“不止，吃饭太快对牙齿和心脏都不好。”车家伟插嘴。

“没关系，警察本来就是对身体不好的职业。”

“所以才要对自己好一点。”陈相如说着，盛了一碗汤递给马进。

马进迟疑了一秒，然后伸出双手，感激地接下汤碗。当马进的手不经意地碰到陈相如的手背时，马进主观地认为，陈相如感受到了那股从二人手中流过的电流，所以她微微地颤抖了。

两人凝望了一刹那之后，陈相如莞尔一笑：“马 Sir 你要喝酒吗？”

“哦？好呀。”马进随口问道，“咖啡厅也卖酒？”

“不卖，私人珍藏，不准向食环处[1]投诉啊！”陈相如眨着眼说，然后向厨房走去。

马进看着陈相如窈窕的、一直缠绕在他梦中的背影出神，当然没有注意到，身旁的车家伟也是不发一言，静静地观察着他。

1 “食物及环境卫生处”的简称。香港的食肆必须向食环处申请酒牌，才能卖酒。

第4章

《破地狱》

1

本来在湾仔到处可见的传统港式茶餐厅，因为这十年来租金疯涨，难以经营，不是变成了药店金铺，就是被集团式连锁店所取代。

这家藏匿在菜市场内的茶餐厅，已是这区硕果仅存的老字号。以厚重的白瓷杯盛着的香气浓郁的奶茶，以及每天卖出超过一千个的“菠萝油”，都是促使马进和仔仔常来的诱因。

“车家伟这个人，一定有问题。”呷了一口奶茶，看着平板电脑上车家伟档案的马进突然这样说。

“马 Sir，不，进哥，你小声点。”仔仔东张西望，生怕身旁有人听到，更压低声音说话，“这些资料都是我在工作时间偷偷搜集的，让人知道的话我死定了！”

“不过是他的学历、履历，又不是犯罪记录，你怕什么？”

“怕人家知道我在帮你做事嘛，怎么说你都是在休假当中。”

“怎么说我依然是个警察，罪犯逍遥法外，我们就应该想尽办法缉拿他，而不是怕这怕那！”

“还是小心点好，我今年要见 Board [1]，不能出任何差池啊！”仔仔说话时，依然左顾右盼，“为什么会怀疑到车家伟头上？”

马进把一块冰冷的黄油，塞进温热的菠萝面包里，然后毫不留情地

1　即升职面试。

大口咬下去："直觉吧。"

仔仔诧异地盯着马进："你的字典里不是没有直觉、感觉、灵感这些字眼的吗？"

"是吗？"马进细想，"那是以前的我吧！手术之后，看开了很多……凡事不一定都用脑袋去解决，有时候，也得听从自己内心的想法。"

"这种话，以前换我来说，一定被你臭骂一顿。"仔仔一副难以置信的表情，"换了心之后，连性格都不一样了。可别告诉莫医生，说不定把你拿去做研究啊！"

马进睥睨仔仔，仔仔不敢再说下去："好好好，不说了。说回这个车家伟，他在香港出生，从小在香港受教育，香港大学法律系毕业后，曾经在林兵的律师楼工作过，一直以来都擅长为商业犯罪辩护，是不少富商巨贾的御用大律师，但两年前突然暂停工作，最近才重新执业。"

"停业两年，看来也病得不轻……他与我住在同一家医院，你去查查他生了什么病。"

"这是侵犯病人隐私。"

"这是关心朋友！"

"那这个陈相如……"

"陈相如是车家伟的女朋友。"

"是哦？你连人家的女朋友也关心呢！"

"你的废话愈来愈多了。"

“呵呵，陈相如……”仔仔的手指迅速在平板电脑上扫过，显示出新一页的资料，“她是台湾人，资料不好找，目前只知道她在台湾长大和接受教育，大学毕业后开过咖啡厅，两年前以工作签证来港。而在铜锣湾的咖啡店，持牌人是车家伟。很普通的女人，除了长得漂亮以外，没有任何值得注意的地方。”

马进陷入沉思当中——两年前陈相如一直在台湾，那么即使我有机会见过她，也只可能是短暂的见面，不应该留下太深刻的印象；可是，她来香港之后，大部分时间我都在医院留医，对她的印象，到底是从哪儿来的？

车家伟跟我住在同一家医院，她必定去医院探望过，难道我在那段时间跟她经常接触，而自己却想不起来？

“进哥！你在想什么？”仔仔轻唤马进。

马进想了想，决定如实说出来：“总觉得我在哪里见过陈相如，但怎么也想不起来。”

“想不起来又怎样了？难道你有强迫症？”

“如果只是一面之缘，忘记了确实没什么关系。问题是，我记得她的样貌、她的声音、她的背影，她煮的咖啡、做的蛋糕、炒菜用的辣椒，味道我统统记得，但是……”马进因为讲得有点急，稍微停下来，吸了一口气再说，“我记不起她的名字，记不起我们在哪里见过，甚至不能肯定，我认不认识她，可是，她给我的印象，实在太深刻，不可能是幻想出来的！”

“她认识你吗？”仔仔皱着眉头问。

马进摇头：“她说从来没见过我……”

“这可是个很好的题材呀！一对素未谋面的男女，脑海里深深烙印着对方，男人无法摆脱这种无形的束缚，不断调查，最后发现……发现……原来他们是七世夫妻，每次轮回都会机缘巧合，凑在一起……”

马进一边吃，一边看着仔仔胡扯，“编啊！继续编啊！”

仔仔摸摸自己脑袋：“嘻嘻，编不下去了，有这个能力我早当编剧去了。”

“算了，别再想这个问题，能记起的，早晚会记起；真的记不起，也不是什么大不了的事。”

“看开点是好事，毕竟人家已经有了要好的男朋友。”

“你又说到哪里去了？”

“好好好，转移话题。”仔仔又再压低声线，“那个法官杀手，真的跟将军有关吗？”

这次连马进都压低了声音：“我重新看过半年前将军案的所有档案，再对比法官的验尸报告和现场科学鉴证，它们之间实在非常相似，所以我相信，是将军的同党所为。”

其实，在马进心中，尚有一个疑点，只是没办法具体地说出来。因为他隐隐觉得，法官被杀的手法不只与以往将军手下的牺牲者高度相似，简直是一模一样，就如将军尚在人间似的！

“我也问过组里的犯罪心理学家，他们给出来的罪犯侧写，认为凶手应该是个三十来岁、熟悉警方办事程序、接受过格斗或军事训练、行事冷静，沉默寡言、重视程序和讲究逻辑的人……这些，都跟将军很像。”

马进说话时，仔仔一直盯着他，欲言又止。马进忍不住问：“怎么了？你想到什么？”

仔仔看着马进，笑说：“侧写讲的，不就是你吗？”

2

墙上贴满了照片。看起来大部分照片的背景都是台湾，有的是海边的景色，有的是自高处拍摄的青山绿水，但绝大部分是在一家咖啡店内拍摄的，照片有的是咖啡厅的布置和摆设，有的是客户的留影，更多的是陈相如在咖啡厅内留下的倩影。这家咖啡厅的布置，与现在的星相咖啡，非常相似。

拍这些照片的人，像是每天都待在陈相如身边似的，无论她在做蛋糕、烧菜、喝咖啡还是打盹，都有拍照记录下来，而且，照片里的她，只要是看着镜头的，全都笑得甜美可人。这些笑容，绝不是为了拍照摆出来的表情，而是对着拍摄者的真情流露，在笑容中满溢出幸福。

拍照的人同样是幸福的，他不但见证了这些甜蜜，从陈相如的眼中看到，令她笑得如此开怀的人，就是他。

对陈相如印象挥之不去的马进，不知不觉间，又来到陈相如的星相咖啡店。趁陈相如忙于招待其他客人时，他走到贴满照片的一面墙前，仔细端详上面的照片。

马进期望在照片中可以得到一丝半点的启发，让他可以找到与陈相如相识的线索，然而把照片看遍后，脑海里混乱的记忆却未得到任何改善，更像闯进雾霾里的森林，既看不清面前境况，又感到呼吸困难。

在这片迷雾中，忽而出现了一点光明——马进突然有个想法，拍这些照片的人，并不是车家伟，而是，他自己！

因为他对这些场景，全都有印象——海边的景色来自台湾北端的野柳地质公园，山上的景观则是阳明山国家公园；而咖啡店，也是位于北边沿海的基隆市，这间咖啡店可以看到海，可以听到浪潮拍岸的声音，夏天时，坐在露台上，海风会吹来潮湿的、咸咸的味道。咖啡厅的名字，也是叫作“星相”……

“去过基隆吗？”陈相如的声音在背后响起，马进连忙把抚摸着照片的手收回。

“应该——应该去过。”马进不太肯定地说。

陈相如抿嘴一笑：“马 Sir 看来不像记性不好的人，怎么去没去过都记不清呢？”

“这……我……”这情况连马进自己都想不明白，更不知如何向陈相如解释。

“好吧，好吧，不想说就别说好了。”陈相如笑语中带点怀疑。

“真的没什么不可告人的事，只是……只是……”

陈相如杏眼圆睁，直勾勾地看着马进，期待着他的解释。

马进被陈相如那双漆黑深邃的眼睛看得慌了，只好回避她的直视，故意往她身旁的书架看去。

突然，马进看到书架上，有一本非常熟悉但又很久没看过的书，他瞬间愣住了。

马进走到书架前，抽出这本名叫《破地狱》的书，向陈相如展示：“看过这本小说吗？”

陈相如往小说的封面看去，“破地狱”三个大字下面写着：“心魔现时，无处不地狱”，作者名曰“凌云”。

“因为书名挺特别的，所以翻过，本来以为是我喜欢的神怪类型，怎知原来是本侦探小说，就没有看下去了。”

“对，破地狱本来是道教的一种仪式，一般会在殡仪时举行，大致是冲破地狱的黑暗，让亲人醒悟，可以离开地狱、早登极乐的意思。”

“你读过？好看吗？”

“看过无数遍了，是我爸写的。”

“哦？”陈相如看了看小说的封面，“你爸就是凌云？他是个很厉害的作家啊，写过好几十本小说。”

“哼！”马进冷笑，“其他的我不知道，但这一本绝对不是他写的，这小说是我爸毕生的心血！”

陈相如为马进递上一杯热咖啡，让他坐下来细说他父亲的故事。

“我爸的笔名叫灭明，死了快十年了。”

“噢……对不起……”

“没事，已经是陈年旧事了……”马进呷了一口让他感到愉悦的咖啡，再讲述这段让他不快的往事，“小时候家里特别穷——当你听到我爸是小说家，但又没听过他的名字时，应该也能猜到。说的好听是个小说家，说得不好听，只是个爬格子挣口饭的失败者。

“自我懂事以来，我爸就是一天到晚坐在家里，不停地写，不停地写。我对他的记忆，几乎就只有原子笔在稿纸上写字的沙沙声音，以及满地的废纸团。他不喜欢讲话，也不太搭理我，我在哪里念书、今年上几年级，他统统不知道，也没兴趣知道，他的世界里，就只有侦探小说。

“可是，即使他再努力，也没有为自己争取到任何出版的机会。那个年代还不流行网络小说，所以他的作品，最多只能在小说杂志上连载，赚点根本不够糊口的稿酬。一家三口的生活费，都是靠我妈上班辛苦赚回来的。

“《破地狱》是我爸的原创，他想到一个很特别的故事开头，也设计了一段精彩的诡计，就差一个完美的结局。他把这本完成了 90% 的小说交给出版社相熟的编辑审阅，编辑很喜欢，答应帮忙构思一个出色的结局……”

“结果小说就这样给偷了？”陈相如问道。

马进点头：“凌云，就是这个盗取我爸心血的编辑！”

“太卑鄙了！”陈相如咬牙切齿。

“《破地狱》小说出版之后，凌云一夜成名，从此成为名作家，小说一本接一本地出版。”

“你父亲恨他吗？”

“与其说恨他，倒不如说恨自己。我爸跟我说过，凌云确实帮《破地狱》想了一个完美的结局，如果没有他，这小说根本没可能出版。况且，凌云也真是个天才，你看我爸，一辈子只写了一部长篇，还是没完成的，而凌云，却可以不断地写下去。”

“你父亲从此再也不写小说？”

马进无可奈何地摇头：“不知道是受了太大的打击，还是为自己的失败找到了最好的借口，反正接下来就是最狗血的连续剧情节——我爸开始酗酒、变得暴躁和暴力，酒后不是打我，就是打我妈。有天我妈终于承受不了，离家出走，没多久，我爸的身体也出现各种毛病，郁郁而终。”

“你恨他吗？”

“你说我父亲？还是凌云？”

“当然是凌云了。”

“没什么可恨的，我爸的确是个失败者，不够强的话，即使没有敌人，早晚也会自己倒下。”

“你真大量，换作是我，一定会想个方法为我父亲报仇！”陈相如带着笑容，却认真地说。

“怎么报仇？偷他的小说？还是揍他一顿？”

陈相如侧着头想了一会：“总有方法的，总有方法的。”

这时，马进的手机响起，接听之后，马进向陈相如告辞：“要回警察局了，下次再来吃你的起司蛋糕。”

陈相如以一个比她制作的蛋糕更甜腻的笑容，欢送马进：“好啊，一言为定！”

马进放下咖啡的钱，低头匆匆离开，经过门前的镜子前时，马进看了一眼自己的脸，出奇地，竟也是挂着笑容的。

马进远去后，一个人从厨房走出来，他是车家伟。

“怎么样，对马进有感觉吗？”车家伟问。

陈相如很直接地答说：“还好，但是，没你好。”

3

五个小时之后，马进已坐在直飞曼谷的航班上。

飞机加速攀升后转变方向，令马进坐的那一边朝向地面，他往窗外看去，心又猛然一跳，因为窗外的景色，叫他联想到星相咖啡店里的一张照片。他想到一件事情，但目前没有闲工夫去仔细考究，因为有一个重要的任务，正等待他去执行。

几个小时之前，高明楝把马进紧急召回警察局，告知他一个消息：一直活在被“将军”暗杀阴影里的林兵，不再理会警方的劝告，已动身去泰国避祸。马进听到后，第一个反应是担忧林兵离开警方的保护范围，反而增加被杀的危险，于是向高明楝申请，跟进保护林兵。

“既然你在休假当中，去泰国旅行散心是正常不过的事；作为一个警务人员，即使身处外地，遇到香港市民身陷险境，也没理由袖手旁观。你要去，似乎很难不批准。”高明楝支持马进之余，也有所保留，“既然是个人行动，你要保证行事低调，在顾及林兵安全的同时，尽量不要惊动当地的警察。”

身旁的男人开始恣意地打着呼噜，马进戴上防噪耳机，让自己沉醉在 Aimer[1] 高亢嘹亮的《六等星之夜》中，同时构思保护林兵的工作。

无论是杀死法官的将军，还是十八个月前的将军，马进总觉得他们

1 日本女歌手，声线独特，作风低调，以演唱动漫主题曲闻名。

是同一个人。马进当然知道，感觉是不能过于信赖，也不能当作证据的，自从换心以来，他更加关注自己的直觉，为了更了解自己的变化，马进在住院期间，上网看了不少资料，才知以往自己不相信的直觉，原来是有科学解释的。

所谓直觉，其实是人类在生活中，积累了大量经验之后，用来保护自己的极速反应能力。正是因为反应的过程太快，快得察觉不出来，才会被误以为是未经深思熟虑的判断。

就如三分神射手，面对对手的拦截时，完全不用细想，凭直觉便出手；又如数十年经验的老医生，不用透过检查就能断症一样，准确的直觉，其实是经过无数阅历后才会出现的。

回顾自己十多年的探案经历，马进相信，自己的直觉不会太差。

除了关注直觉外，马进的感觉也比以前敏锐，甚至，多了很多他以前不曾有的喜乐。

马进印象之中，自己不曾大笑或大哭过，妈妈当年离家后便消失于人间，向来寡言的马进只是变得更加沉默；世上唯一的亲人——父亲离世，他也只是安静地淌下了两滴眼泪。

从来内向的他，几乎没有好好恋爱过，所以既幸运又不幸地，没尝过失恋的伤痛。他感激莫秀对他的关怀和照顾，但两个人之间的隔阂，一直都未能够冲破，但再遇陈相如之后，马进的情绪一直被她牵动着。

等等……为什么自己会用上“再遇”这个字眼，难不成在自己的心里，也认为跟陈相如早已认识？

等等……这个时候不应该再想着陈相如，应该好好集中精神，想想如何保护林兵的安全，如何抓到新的将军。

为了集中专注力，马进掏出笔记本——即使在智能产品泛滥的时代，马进仍保留着入行以来的习惯，外套左胸内的口袋，总是带着一本笔记本。当然，这一本上面是没有弹孔的——在上面写上他的推论：

(1)“将军”蒋晓军的同党，用与他一致的手法杀人，完成未完成的任务。

(2) 谋杀朱翠贞、岳少华及法官戴乐能的是同一人，他才是真正的将军，蒋晓军只是同党。

(3) 蒋晓军未死。

写下第三点之后，马进忍不住一边笑一边把这一点划去，蒋晓军是自己亲手打死的，不可能再次出现了。

马进继续在笔记本上记下所有需要解答的疑问：

将军的任务：未知

推测：针对“混合油案”杀人灭口，阻延审讯进行

主谋嫌疑人：刘凯明（轩龙集团主席）

同党的身份及人数：未知

疑点：

(1) 若有同党，蒋晓军被杀当天，为何独自行动？

(2) 每次留下棋子，是什么意思？

(3) 最新的“车”字棋子，和林兵有没有关系？还是只是用来扰乱视听？

马进仍没想到答案，只在笔记的最后，画上一枚空白的棋子……

* * *

经过四月新年的节庆气氛、泼水节[1]的喧嚣狂欢后，五月的曼谷变得格外庄严肃穆，庆祝释迦牟尼诞生的浴佛节[2]，在全国上下皆笃信佛教的泰国，尤为重要。

今天的天气也是一贯泰国夏天的气候，早上一阵倾盆大雨过后，中午还没到就变得天朗气清，地上的积水瞬间蒸发，好像根本没有下过雨似的。唐人街上人头攒动，参加浴佛节典礼的华人，早已收起雨伞，向着寺庙走去。华人本来信佛的就多，在泰国土生土长的华侨，更是绝大部分以佛教为信仰，所以浴佛节对本地华人来说，是不亚于春节的重要节日。

曼谷唐人街在石龙军路和耀华力路一带，尤以耀华力路为主要的华人商铺集中地；佛寺则有两座，石龙军路上的龙莲寺已有一百多年历史，

1　泰国的新年在新历四月，泼水节在四月十三至十六日。
2　即佛诞节，每年农历四月初八。

一看它三进的中式禅院建筑，便知是华侨所建造。

沿着耀华力路向曼谷火车总站走去，就是泰国旅游简介上经常看到的，有着金色尖塔的金佛寺。传说金佛寺也是由三个华人募资兴建，所以又叫三华寺或者三友寺，里头供奉的金佛，与大皇宫玉佛寺的玉佛，以及卧佛寺的卧佛，都是泰国国宝。

穿上亮丽橘黄色僧袍，刮光了头发的林兵，混在潮水般流向金佛寺的人群中，跟在一列与他一样短期出家的临时僧人后面。

混合油事件发生后，林兵早已萌生退意，构思着提早退休，在气候怡人的泰国安享晚年，如今新将军的出现，更令他有足够理由离开香港。来这边短期出家，也是计划之一，只是选了金佛寺作为暂时出家的地方后，林兵也禁不住慨叹自己的俗气。在商界打滚一辈子，难得当一个月和尚来远离世俗，竟有意无意地挑了这个金光璀璨的地方，不得不佩服自己的俗不可耐。

看着 3 米多高、重 5.5 吨，世上最大的黄金佛像，林兵的敬意不是来自他的雄伟庄严，而是在暗自估量，这尊佛像不算做工，光是黄金的价值已超过 40 亿美元。

4

他喜欢机械手表，尤其钟爱发条驱动的款式。

发条的动力有限，一不留神，就会突然停止运作，所以他有个习惯，不时把发条上紧，确保它二十四小时都准确地行走着。

他的人生也差不多，意外不停地出现，总在他不经意的时候，出现变化起伏，上次他差点掉失掉性命，得到重生之后，他便加倍留神，为自己的每一步仔细编排和部处。

他不断把自己的发条上紧，慎防它说停就停。

他刻意养成了一个新的习惯，就是随着手表滴答的声音，闭着眼睛在心里默念着秒数，一二三四五……到十的时候张开双眼，看自己数得准不准确。

滴答声的节奏提醒他时间一秒一秒地过去，生命一秒一秒地流逝，令他更加珍惜眼前所拥有的，以及他即将要失去的。

他坐在电脑前，看了看手表，时间差不多了，他闭上眼睛，默数十秒后，轻快地按下发送键，大批的电邮同时发送出去。

他张开双眼，确定电邮都送出后，退出邮箱，离去。

*　*　*

林兵确信自己不会成为一个虔诚的教徒——整整三个小时，在耳畔一直荡漾着悠扬诵经声的典礼上，他竟没有一分钟可以完全集中精神，满脑子都是坐拥千亿身家、享受豪奢生活，甚至在泰国当起土皇帝的幻想——短期出家是他对自己最后的一次考验，考验自己舍不舍得抛弃俗世的财富，舍不舍得为了自己不确定的来世，牺牲眼下唾手可得的优渥生活？

答案几乎可以说是否定的。

典礼完结时，林兵跟随着高僧，向着金佛走去。来到佛像前，林兵双手合十，深深一揖，心里默念：求佛祖保佑，若这次能平安渡过，将来一定每年都来酬谢神恩。

也许是感受到佛祖赐予的力量，林兵昂首阔步地离开金佛寺，无视可能的危险，即使出门时被人碰撞了一下，林兵也没有生气。

金佛寺外的人潮当中，三个站在不同方位的本地人，装作毫不在意地偷偷注视林兵。而刚才撞到林兵的人，把手腕举到嘴巴位置，对着藏于衣袖里的对讲机话筒，以带有强烈泰国口音的英文说："目标出来了！"

"好！注意保持最少十米的距离，不要让其他人发现。"四个泰国人从耳机听到指令后，朝不同方向散开，再以一早安排好的次序，先后出发跟踪林兵。

四个人后面，跟着一个人，他一边留意周遭环境，一边向四人发出命令，同时打开手机上的地图，察看林兵的位置。原来刚才那泰国人撞向林兵，是为了在他身上放上 GPS 追踪器。

“注意周围，若有人走路的速度突然转变，就要特别小心。”

说话的人是马进，早已得到情报的他，刚抵达曼谷马上赶到金佛寺外守候。马进担心一个人难以应付，上飞机前已委托曼谷的朋友，安排专业保镖，临时充当自己的助手，帮忙保护林兵。

当马进看到林兵大摇大摆走出佛寺时，第一个反应是，“目标太过明显了，如果我是狙击手，这一刻绝对有足够时间把他干掉！”

不过以将军的杀人习惯，他必须把目标人物带到秘密地点，进行他那些变态的仪式，所以马进不用太担心他会在公众场合进行刺杀，但林兵被绑架的危险性却相对提高。

快到四点，阳光依旧刺眼，马进本以为身形肥胖的林兵刮了光头后会更为显眼，现在看来似乎是多虑了，因为走在一大班僧人当中，光看背影，每个都一模一样，都反射着下午的阳光，若不是几个人同时跟踪，很有可能丢失目标。

离开金佛寺后，林兵右转走向耀华力路，他有可能是到唐人街上的餐馆用斋饭，也有可能到龙莲寺参拜，目前仍未知目的地是哪里，马进和四名保镖只好继续跟着。

已是第三次保护林兵，第一次死了一个 O 记探员，击毙了将军，自己险死还生；第二次戛然而止，因为法官被杀。牺牲的人已经够多了，马进不希望再有人受到伤害，更不希望再有无辜者被牵涉进来。

他死过，他知道，死亡一点也不好玩，死亡只是一片无止境的漆黑和空虚，只有活着，才有阳光。

扪心自问，马进没有很热衷于保护林兵，因为他根本不认为林兵是受害者，他在混合油案中，一定担当了某个重要角色，才会招致灭口之祸。

当然，身为警察，还是要确保林兵的安全，但相比起林兵的生死，马进更热切期待凶手的出现，哪怕身在泰国，没有权限可以亲手把他逮捕，为了正义，为了制止这场看不到终点的杀戮游戏，马进一定要把凶手揪出来。

不一会儿，林兵已经转入耀华力路，向着唐人街的心脏地带走去。这条于清末已建成的街道，昔日潮剧院、电影院、麻雀馆、舞厅等娱乐场所林立，而在网络和手机雄霸世界的今天，只有药店、中餐厅、鱼翅干货以及金饰店等零售商店仍能生存。

耀华力路的宽度只有 20 米，行人路也不过 4 米宽，虽然今天佛诞日禁止车辆通行，游人的拥挤仍令马进和保镖感到加倍吃力，但也因为人多，他们不易被林兵发现。

在马进的指挥下，四个保镖分别在林兵的前后左右，保持一定距离，成正方形包围着他，确保凶手在任何方向进袭，他们都能作出即时反应。

守在最后的马进，突然发现，在林兵前面，聚集了二三十个青年，青年们的打扮都十分相似，全都身穿黑色 T 恤、头戴棒球帽，手上拿着一件不知名的东西。

“前面戴帽的人都很可疑，所有人小心！”马进立即作出指示。

四个保镖渐渐向林兵靠拢，收窄包围的范围。

当马进经过一家干货店时，店里的收音机刚好播出“四时正”的报时响声。

响声如同魔咒，二十多个青年几乎在同一时间在街上跳起舞来，他们的动作既大又夸张，吸引了路人途中驻足观看。

“看！是快闪党！”路人对着青年们指指点点。

青年的舞蹈和路人的围观，拉开了保镖和林兵的距离，在马进要求保镖冲上前保护林兵时，其中一个青年大喝一声，所有人合拍地同时扬起手上的物事，立时粉末四起，原来他们手上都拿着一包彩粉。

缤纷的粉末顿时掀起一片七彩的沙尘暴，现场观众有的觉得精彩好看而鼓掌，有的索性参与进来一起跳舞。

“中计！”马进忍不住用中文喊了一句，同时快步冲上前，但在彩色粉末以及跳舞青年的干扰下，实在难以认清谁是林兵。

刚好一分钟之后，青年们毫无先兆地停下，并且马上作鸟兽散，不消几秒，全都消失得无影无踪，只剩下地上彩色的粉末，证明他们曾经出现。

“随便抓一个！”马进向其中一个保镖发出命令，再指示另外三个，“你们跟我来！”

马进拿出手机查看林兵的位置，手机上，标示林兵的空心圆点正在快速移动，并消失于前面约二十米的地方。往前看去，是一家名为“中国城”的中餐馆，马进带上三个保镖，赶紧追上。

闯进中餐馆，穿过大厅，在年轻老板和年迈侍应的潮州脏话包围下，马环顾四周，没有发现林兵的影踪，于是毫不犹疑地冲进厨房，因为厨房必定有运送食材和厨余的后门，很有可能是逃跑的通道。

全世界的中餐馆厨房都有着同一特点：杂乱和湿滑，马进顾不了一个保镖撞倒热水锅，一个滑倒地上，他迅速找到后门，不顾一切地冲出去。

当马进从后门出来，还没看清楚绑架者的走向，对面的墙壁便爆出一片碎石，同时听到枪击的声音。马进本能地退回门内并伸手到后腰拔枪，但马上想起自己没有佩枪，随后而来的保镖听到枪声，也不敢贸然冲出去。

马进向保镖摊开手掌，保镖会意地把自己的伯莱塔 M92F 半自动手枪[1]交给马进，马进深吸一口气后，快速闪出后巷，举枪指向刚才枪声传来的方向，只隐约看到一辆 Tuk-tuk 三轮车[2]，正高速驶离这条狭小的后巷。

GPS 讯号再次出现，从方向和速度看来，林兵确实已在三轮车上……

1　泰国像美国，很容易买到枪械，黑枪也十分猖獗。

2　东南亚及印度都叫电动三轮车为 Tuk-tuk。

5

在林兵被带走之后，马进冲出大街，找来另一台 Tuk-tuk，上车跟随，同时报警，并把 GPS 显示的对方的去向告知了当地警方。

从“中国城”的后巷，载着林兵的三轮车驶进查隆恭路，再右转回到金佛寺，绕过佛寺后左转入恭卡森路，沿火车轨向北驶去，最后停在菠贝市集一条杂乱的小巷里。

经历一轮的追逐，马进的心脏跳得异常的快，全身冒出冷汗。一方面是因为体能已超出负荷，另一方面是紧张，以及有可能再遇到“将军”的莫名兴奋……

可是……

“Sir...Sir...”三轮车的司机下车把马进摇醒，马进张开双眼后，花了两秒钟才想起，自己正在追踪林兵，但竟然在车上昏睡过去，应该说，是晕厥过去！

马进看看手机，确定了 GPS 讯号指示的位置，正在前面不远。马进没看到警车，看来自己比当地警方更快来到了目的地。

马进下车，向小巷走去。太阳还没下山，但这小巷道却显得有些阴暗，刚走到巷口，浓重的血腥已扑面而来，不祥的预感也随之涌来。

三轮车被弃置于巷道尽头，绑架者已不知去向，马进小心地走向三轮车，同时按住腰间的手枪，准备随时拔枪。

还没走近三轮车，单从四周的血迹，马进已可断定林兵必死无疑。

再次见到林兵时，林兵已经与之前将军案的三个死者一样，成了一具失去首级和双掌的尸体。

林兵死在三轮车里（难道这就是棋子“车”的意思？），因斩首和断手而造成血液大量喷洒，座位的地板已被血液浸满，本来橘黄色的僧袍，被染成诡异的深红色；脖子和双手的切口，犹自淌着鲜血。

每次看到尸体，马进都会第一时间想起自己的父亲，毕竟，猝死在自己书桌上的父亲是马进人生中看到的第一具尸体，即使往后再看到多少，第一次的记忆总是最深刻的。

至今，马进已记不清这是第几次看到尸体，但这应该是其中死状最惨烈的一具，即使他对林兵没什么好感，看到他落得如此下场，也不禁动容。怎么说，林兵也曾是个有身份、有地位，活得风光自在的人，却死得毫无尊严，如废物般被遗弃，如腐肉般令人欲呕。

即使理由如何充分，将军以及他的同党，都不应该这样夺取一个人生存的权利，也不可以这样剥夺作为人的尊严。

马进看了看手机上显示的时间，从三轮车停在目前位置，到他赶到，前后相差不过八分钟左右，凶手只用短短八分钟，就能完成这项残酷的仪式，有点不可思议，但若有足够锋利的工具、足够狠辣的心，绝对能够做到，何况，他已是个经验丰富的刽子手。

愤怒从心底升起，既为了凶手的冷血，也为了自己再一次失败。

但这不是该耽搁的时候，毕竟这是一次非官方的调查，为了免去可能的麻烦以及影响调查结果，马进戴上手套，在林兵的口袋摸索，想把GPS发射器带走，却同时找到了一件圆形的物体——一枚木制的棋子！

棋子与从法官身旁找到的一样，同样是一枚“车”。

警笛声自远处传来，当警车的大灯照亮这条暗巷时，马进已带着发射器和棋子，匆匆离开案发现场。

* * *

二十四小时后，马进坐在高明楝面前。

高明楝背后的壁报板上，原来放在“兵”的位置的林兵的照片，已被撕下来，移到戴乐能（炮）的旁边。

“车”字旁边，是一个没有照片的空白位置，旁边注明了另一只“车”。

“卒兵兵炮车车，马进你懂象棋，你觉得是什么意思？”高明楝的视线从壁报板移向马进。

“七星聚会。”马进表情笃定。

“什么意思？”高明楝对棋局不甚了解。

“七星聚会是非常有名的一个棋局，是清末四大残局之首，棋谱上红子黑子各有七枚，终局的时候两方合计也是剩下七子。”马进解释说，

“开始时，红子的组合就是三枚兵，一枚炮，两枚车，一枚帅。”

“这样看来，将军就是按七星聚会的棋局来杀人，为什么他要这样做呢？”

“七星聚会是以前很多江湖卖艺人用来谋生的法宝，因为红子有二车一炮，初学者认为比较有胜算。”马进边说边在电脑上搜寻七星聚会的棋局给高明楝参考，“而黑子则只有四只卒，一只象，一只车和将，看来兵力较弱。所以很多卖艺人选黑子，让来挑战的人选红子……实际上，红子能和局已经十分厉害，除非是超级高手，否则非常难赢。”

“所以，将军把自己比喻为黑子的将，一步一步地吃掉红子，代表很有信心可以按顺序杀掉七个人，赢得这场棋局？”

“现在看来，就是这个意思。”马进指向壁报板上原来林兵的位置，“本来要杀的林兵是第三只兵，但这个位置因为探员严建邦和我的出现，破坏了他原定的计划，所以林兵才变成了第一只车。”

“已经死了五个人，还剩下一只车，以及最后的帅，会是谁呢？”高明楝问出了他最关切的问题。

“如果车是另一个轩龙集团的人，那帅……会不会指的就是整个集团的主帅，即是主席刘凯明？”

“你的推论是，将军杀人案的幕后主使并非刘凯明？”

马进点头：“因为多了戴乐能这个跟混合油案毫无关系的死者。况且，整件事情拖得太久，如果只是为了灭口，应该早就把他们都干掉了。”

高明棟细想了一会，再缓缓地说："没错，如果只是为了掩饰混合油案的罪行，杀掉朱翠贞、岳少华、林兵，以至其他轩龙集团的高层便足够。严建邦的死，甚至你的受伤，都可以说是意外，因为你们两个妨碍将军的行动，但法官戴乐能完全是无辜的。所以这案子已不单纯是为了杀人灭口，但也不是一般的无差别连环杀人。"

"按照七星聚会的棋局，将军到底在坚持什么？他的目标到底是什么？"

"我记得你讲过，蒋晓军死前曾经说，他杀人是为了正义。"

马进不屑地笑了一声："只能说他是电影看太多了，以为自己在演《七宗罪》！"

马进说完，二人都陷入一片沉默，直至高明棟转变话题，"对了，泰国那边有什么发现？"

马进开始报告他的发现："我在泰国的朋友找到几个当时在现场跳舞，给绑架者制造机会的年轻人，他们都异口同声说，他们背后没有任何组织，这也正是快闪党的乐趣。对于昨天的事，他们都说什么都不知道，只是收到快闪党的集会通知，便准时赴会。这帮人都没什么可疑。"

"没有人看到嫌犯？"高明棟问。

马进摇头："没有，最有可能看到嫌犯的应该是中国城餐馆的人，但老板知道我们不是警察后，不愿意向我们提供任何讯息，问了很久，只有其中一个员工说，绑架者不高不矮、不胖不瘦，跟其他青年人一样穿黑 T 恤戴棒球帽，但也戴了墨镜和口罩，完全看不清样貌。”

“有监控录像吗？”

“也没有。”

高明楝叹了一口气：“现在泰国警方已接手调查，如有最新的检验报告会立即通知我们。”

“这样，我们只能加强对轩龙集团主要成员和刘凯明的保护了。”

“我们 O 记本来的职责是要把轩龙集团涉及混合油案的人绳之以法，现在反过来要保护他们，真讽刺！”高明楝也不屑地笑了几声。

高明楝的话，令马进有了一个模糊的想法，但想法仍未成形，所以他暂时保持缄默。

第5章

魔由心生

1

拇指推出，军用折刀那10公分长的刀锋利落地锁定在刀柄上；向前挥动，左侧大动脉喷洒热血……

按下充电式电锯的开关，不费吹灰之力便把要切割的部位平平整整地与身体分离……

放眼四望，一片血红，身上原是透明的塑料雨衣也变成了半透明的红色……

地上是一具又一具的躯体，分不清是谁，没有头颅的躯体，看来都一样……

庆幸梦中没有声音，听不到惨烈的叫声和凄厉的切割声。

马进的睡眠问题依旧持续，晚上无论如何不能入睡，直至忍无可忍时只好服用安眠药，服药入睡后却总是连番噩梦，已到了影响正常生活的地步了。泰国回来两天，马进只勉强睡了几个小时，睡梦中全是狼藉的杀戮场面……

“进哥，我查过了……进哥？”

茶餐厅内，仔仔正想把调查所得告知马进时，发现马进眼神空洞地看着远处出神。

“进哥，你没事吧？脸色很差呢。”仔仔问道。

马进回过神来："没事！这几天睡得不好而已。"

"看你的黑眼圈和眼袋，简称黑眼袋，实在太严重了，应该不止几天没睡好吧？"仔仔出于关心，但也忍不住乘机嘲讽。

"失眠的情况一直没有改善，吃了安眠药却老是做梦……"

"会不会是因为……梦中情人一直缠着你，让你没法入睡呢？"仔仔又出言讽刺。

"说得像鬼片一样。"马进没有生仔仔的气，说真的，他宁愿再次梦到陈相如，也不想再没完没了地重复看着手起刀落的画面。

"就算是女鬼，也是像聂小倩那种吧？哈哈哈……"仔仔自己说自己笑，看到马进没什么反应之后，无趣地停了下来。

"快说你查到什么吧！"

"调查泰国的网站实在太痛苦了，没有一个字看得懂，全像密码一样，花了很多时间在翻译上面……"

"结果！我要的是结果！"马进有点按捺不住。

"好的好的。那天的年轻人，全都是网络上的快闪党讨论区成员，佛诞前四天，他们已知道有这个活动，当天他们在同一时间收到电邮通知，内容和格式跟平常的一样，约定他们在下午四点整，在耀华力路中国城餐馆门外，穿上黑色 T 恤、戴棒球帽，带上彩色粉末，一起去开粉末派对。结果，一共有二十八个年轻人回复了电邮，准时赴约。"

"查过电邮发出的地点吗？"

“已经查过网络 IP，邀请电邮从曼谷一家普通的网吧发出，这网吧的位置离耀华力路只是 15 分钟的步行距离，我也黑进了这家网吧的保安系统，查过录像，当天发电邮的人也是穿黑 T 恤戴棒球帽，但看不到样貌，我想他早已知道监控镜头的位置，刻意避开的。”

“很明显，这个发电邮的人就是绑架林兵的人，他打扮得和快闪党一模一样,混在他们当中,趁他们跳舞和洒出粉末时,胁持林兵离开……”

“应该就是这样……这些快闪党虽然都是自愿参加，但都不知道内情,而且没有任何报酬,严格来说,他们都不算是同党,没办法检控他们。”

“这不是重点，重点是绑架林兵的人是谁？杀林兵的是不是他？他是不是将军？”

仔仔陷入沉思，他想不到答案，只好反过来询问马进：“泰国警方调查得怎样？”

“验尸报告说林兵的死因是被利器割破颈部大动脉，跟将军案前三个死者一样。唯一不同的是这次凶手比较匆忙，用了电动锯来分割头部和双手。现场完全没有找到凶器，因为血迹比较多，所以留下的脚印也很明显。一共有三组鞋印，一是林兵自己的，另一个应该是凶手的，鞋码是八号，但鞋子是十分普通的廉价球鞋。第三组是……

“凶手的同党？真正的将军？”

马进看着仔仔，摇头说道：“第三组脚印是我的，你忘了我也到过现场吗？”

“没有跟泰国警方说你去了？”

“没必要，我是以私人名义去的，没有申请许可。况且……”马进伸手进包里，拿出一张照片，“不想让他们知道，我拿了这件东西回来。”

仔仔看向照片，是一枚“车”的照片，“这不是之前在法官尸体旁的‘车’字棋子吗？”

“不，这是那天我在林兵身上找到的，另一只车。”

“你带走了证物？”仔仔惊呼。

“对泰国警察来说，这不过是一枚没意思的棋子，对我们来说，这却是破解将军连环杀人的关键！”

“不过又是一枚‘车’罢了。你不是说将军要杀够三十二个人，砌成一个棋盘吧？”

“是七个，七星聚会！”

仔仔完全听不懂马进的意思，马进简单解释了七星聚会的含意，以及他推测的将军的企图：“将军把自己比喻为黑子，把他想消灭的人比喻为红子，他要一个一个地将他们杀死，胜出这场棋局，所以将军这个外号有两重意思，一是黑子里的‘将’，二是每次喊‘将军’时，代表了胜券在握。”

仔仔不断点头，认同马进的观点。

“所以，仔仔你要帮我再仔细地找找，连林兵在内的四个死者，他们之间到底有什么关联，这样才可以找到将军下一个目标的‘车’是谁，以及谁是最后的‘帅’！”

“明白了，进哥，我会好好地查。”

“还有，这几天你帮我留意车家伟的行踪了吗？”

仔仔闻言，眼神突然有点闪缩。

“怎么了？车家伟有什么动静？”马进追问。

“这个……这个真不好说……”

“快说吧，车家伟很有可能是另一个‘车’，因为他跟混合油案也有很密切的关联。”

“这……也是。那我说吧。你要有心理准备啊！”仔仔吞了吞口水，“车家伟在你离开香港那天，就带着陈相如去了台湾，前两天他还在脸书上传了他在垦丁向陈相如求婚的视频……”

听闻车家伟向陈相如求婚，一阵难以遏止的心绞痛突袭马进的心脏，马进按着胸口，还没能说出半句话，便不支晕厥。

“进哥！进哥！别激动！陈相如她还没答应呢……”

2

像化身成飞鸟，没有任何拘束的翱翔，迎面的风势强劲，更适合扶摇直上。白云近得触手可及，广阔无垠的天空只有自己，这种自由自在是被囿限于地面上的人所无法领会的。

直至越过山头，看到被浪潮轻轻拍打着的海湾，以及海湾旁那熟悉的咖啡店，他才发现自己不是鸟，于是慢慢地盘旋降落。

当双脚踏在沙滩上时，陈相如已站在面前，她指着地上用蜡烛砌的心形图案，问："今天既不是我、也不是你的生日，你要庆祝什么呢？"

伸手抚过她轻柔的发鬓，她低头含羞，他把手掌按在她的脸颊上温柔地磨蹭。

"嫁给我，可以吗？"

陈相如听到这个问题后，整个人如入定一般凝固了，只剩下双眼神采闪动。

"等这个任务完成后，我们就结婚，好吗？"

陈相如微微地点头，在低头的一刹那，一颗泪珠无声掉下，落在沙滩上瞬间失去踪影。

当陈相如再次抬起头时，眼眶里流转的热泪，与嘴角蕴含的笑意，交织出一副幸福满满的表情。

这表情、这神态，永恒地烙印在他心中。

* * *

“看他这副幸福的表情……进哥应该没什么大碍吧？”仔仔看到躺在病床上昏睡中的马进突然露出笑容，便询问身旁的莫秀。

“已经做过详细的检查，马 Sir 的心脏没有任何问题，可能是长期失眠引致操劳过度吧，休息几天就没事了。为安全起见，还是先留院观察。”

“有莫医生照顾，进哥一定没事的。”仔仔带着慧黠的微笑说。

莫秀不理会仔仔的话中有话，拿起马进的手腕把脉，马进却抓着莫秀的手，真切地喊了一声“相如”。

仔仔忍不住噗嗤地笑了，莫秀尴尬地甩开马进的手。

马进迷迷糊糊地醒来，看到仍在笑着的仔仔，以及正在脸红的莫秀，感到莫名其妙。

“啊？你们都来了……我睡了多久？”马进坐起来。

莫秀看看手表：“没多久，四个多小时吧。不过你不是睡，是晕倒！”

“是吗？我已经不太记得……”

“进哥，你醒来就好了，莫医生说你没事，只是严重睡眠不足。你就好好休息几天，你要查的事我会帮你查的，放心！”

“谢谢，靠你了！”

“别客气。”仔仔转向莫秀，“莫医生，进哥就交给你了！”

仔仔临行前向马进打了个眼色和手势，意思是叫他当心一点，莫秀在生他的气。马进回他一个表情和手势，意思是叫他快点走开。

待仔仔走后，莫秀由刚才的温柔转为严肃：“马 Sir，你的身体状况非常虚弱，唯一的治疗方法就是多休息。我已经开了安眠药给你，如果继续失眠，可以叫值班护士拿给你。留院观察最少三天，如果再没有晕厥的情况就可以出院。还有问题吗？”

认识莫秀已有一段时间，马进很清楚她的性格，当她公事公办、没有半点笑容、神色冷峻时，就是她生气的时候。

“莫医生，我怀疑自己有了超能力。”马进一脸正经地说。

“你是得了妄想症吧？帮你预约个心理医生看看好吗？”莫秀依然严肃。

“如果不是超能力，昏迷了四个小时，怎么可能惹你生气呢？”

莫秀开始透出笑意：“那要问你自己这四个小时，到底在做什么梦，说什么梦话了……”

马进终于明白莫秀在生什么气了，他坐到床边，双脚放下床沿，面对着莫秀，认真地对她说：“秀，我需要好好地跟你说一下我的问题，我觉得，只有你能帮我。”

看着马进的表情，莫秀知道事态严重：“你说吧。”

马进把换心以来，一直失眠和做着噩梦的情况告诉莫秀：“几乎没有办法自然入睡，但吃了安眠药之后，必定会做奇怪的梦，有时会梦到杀人，杀的全都是我负责的案件的死者；有时会梦到开枪打死自己，有时会梦到把死者分尸……”

莫秀听着马进诉说，不自觉地皱起了眉头。

“太血腥的我就不讲了。可能你会说，因为我的职业，平常要查案，要见尸体，日有所思，自然夜有所梦……但我要说的是，有很多……不，全部梦境都非常真实，却都不是我的亲身经历。”

“这……没什么好奇怪的，梦当然不一定来自记忆，也可以是无中生有的幻想……”莫秀试图解释。

“若是幻想还好，可怕的是……我在梦里见到的都是事实，都来自记忆，但这些记忆，没有一样是属于我的！”

莫秀笑了笑，似乎找到不合逻辑的地方：“既然都不是你的记忆，你怎么判断它们是真是假？”

“我知道，因为我终于见到了不断在我梦里面出现的人！”

“你见过……”莫秀欲言又止。

“你知道是谁？”马进急忙追问。

莫秀有点吞吞吐吐：“你刚才，说了梦话，把我当作……相如……”

马进点头，心头又一阵悸动：“是！她叫陈相如……这十几个月来，我的梦只有两种，一是杀人的，二就是与她有关的。所有梦加起来，我几乎可以组织出她是个怎样的女人，我们是怎样的关系。她在海边开咖啡店，会煮咖啡、做起司蛋糕、我喜欢帮她拍照、她喜欢看着我笑。我爱她，还向她求婚……”

马进说得投入，仿佛在说着自己的往事，言真意切。

莫秀听着马进在详细描述他“爱”一个女人时，感觉异样，这种对梦中人的感觉，她难以体会，但看马进的情况，他真地投入了这段“感情”。

莫秀感到自己有一丝妒意。

“你认为这些都是真的？”莫秀问。

“不是我认为！陈相如真有其人，她是台湾人，在铜锣湾开咖啡店，她真的会煮咖啡，做起司蛋糕，而且味道跟我梦中的一模一样！我甚至觉得我真的爱她！”马进愈说愈激动，连他自己都觉得说得太过头了，“我意思是，我已经有点分不清梦和现实了，我觉得很无力……很无助。”

马进指着自己的胸口：“秀，你觉得这一切，跟我的手术有关吗？”

莫秀似乎找不到适当的词汇：“纯粹从心脏移植来说，手术是完全成功的，没有排异，没有感染，按道理是不会出现这些奇怪的事的。我只能，再为你做些不同的检查和化验，或者，真的转介给心理医生看看。你觉得呢？”

莫秀的回答过于官方，让马进觉得她没有完全讲出真相。

3

已过了零时，病房只剩下两个夜班护士，一个在护士站里低头处理文件，另一个正推着血压计，一间接一间地进入病房，检查病人的血压、心跳和体温，确保病情不会突然出现变化。

其中一间私人病房的门，无声无息地开启，一个人闪身进来后，马上把房门掩上。

他放轻脚步，一步一步地走近马进，却被突然张开眼睛的马进吓得差点尖叫出来，忙用手掩住嘴巴。

“进哥！差点没给你吓死了！我的脚步已经很轻了，这样都可以把你吵醒？”仔仔把病床头的椅子换个方向，坐了上去。

“我根本没睡好不好，你不知道我会失眠的么？”马进没好气地说。

“没吃安眠药？”

“长期依赖药物，怕有副作用。先不说这些，查到什么？”马进还是对调查结果比较有兴趣。

“都在这儿了。”仔仔从他的邮差包里拿出一部平板电脑，打开让马进看，“你看，这是你的手术资料……”

“厉害！”马进向仔仔竖起拇指，“是不是任何地方你都能黑进去呢？”

“进哥，我这是利用高科技探案，不是用来玩的，如果跟案件无关，我是不会无故乱做黑客的……”

“得了，最难黑进的是哪个网站？”

“中央情报局！”

“你真的试过？”马进瞪大了双眼。

“嘻嘻！纯粹基于学术研究，用来练手……怎样？有没有发现你的资料有什么问题？”

“太简单了！”

“说的对，我对比过其他器官移植者的病历，最起码要记录血液和人体白细胞抗原 HLA 的匹配，但这两栏都是空白的。而最奇怪的是，器官提供者的任何资料都被加密处理过。虽然器官提供者的资料必须对器官移植者保密，但是没理由对医院本身都要保密……”

“你能找到加密的密码吗？”

“需要时间，没想到过他们用了 14 位的加密密码，要破解的话，起码五到七天。我觉得，倒不如直接问莫医生，可能更快。”

“为什么？”

“因为，只有两个人拥有打开器官提供者资料的权限，就是这家医院的院长詹士仁和主诊的莫医生！”

* * *

“没有人比你更了解我的心！”

每当马进讲这类语带双关的话时，莫秀的回应都是苦笑。

身为一个外科医生及心脏移植专家，莫秀对心脏的了解，几乎到了权威的地步。她理解所有关于心脏的生物反应，掌握每条动静脉的流向和每个心房的特性，每次心跳所需要的微电流和化学物质……

但她不明了人心。

她不明白马进的心，不知道他对自己的态度，到底是爱，还是只是病患对医生的信任和依赖。她更不明白，为何他对一个只存在于梦中的陈相如，会有更强烈的感觉？

有时听到电视剧里的角色说“难道要我把心挖出来，你才知道我的心意吗”，她都会想，哪怕把心挖出来，你也不可能知道一个人的心里怎么想……

她也想过，或许问题出在自己身上。马进对她已是完全“敞开心扉”（这也是马进曾说过的冷笑话），自己对马进，却仍然有所隐瞒。

早上八时，是时候到病房巡查了，莫秀一边收拾桌面准备离开她这间只有两张病床大小的办公室，一边在想，不知马进还有没有梦游，会不会又躺在医院某个角落？

这时，传来敲门的声音。

“请进。”莫秀说。

莫秀办公室的房门被推开，进来的人是马进。

“马 Sir？等一下，你现在是清醒的，还是在梦游？”

马进大笑：“哈哈！如果我是在梦游，会告诉你我在梦游吗？”

莫秀也笑了：“对对对，我这个问题太多余了，醉酒的人不会说自己喝醉了，有精神病的人也不知道自己有病！”

马进顺手把门带上，似乎有重要的事要跟她说：“秀，我想知道，我的心是谁捐给我的？”

“医生有责任保护器官捐赠者的隐私……”莫秀如是说，但语气并不坚定。

“可是你连医院都隐瞒了，只有院长和你两个人知道，有必要保密到这种程度吗？”

莫秀不讲话，因为她根本想不到如何解释。

马进缓缓吐露他的想法：“我的心，是蒋晓军的，对吗？”

莫秀沉默不语，但从她的表情，马进知道自己猜对了。

“为什么不能告诉我？是因为它来自一个杀人犯吗？”

莫秀松了一口气，既然马进已猜到，也无必要再瞒着他，这样，她反而觉得轻松多了。

“没错。”莫秀点头，“你的心，是蒋晓军的……”

马进猜对了，但他没有半点的兴奋。

莫秀示意马进坐下来，向他慢慢说出实情：“那天，你和蒋晓军同时被送来医院，急诊的医生马上确定蒋晓军的大脑已经死亡，不可能活过来了。你的伤势也非常严重，要救你，只有一个可能性，就是立即换心！

“我刚来到这家医院，院长一直希望有机会给我实践换心的手术，而你的出现，就给了我这个机会……”

“那为什么要保密呢？”

“因为这是犯法的！”莫秀答说，“移植死者的器官，必须他生前签过器官捐赠书，或是得到死者家人的书面同意，蒋晓军两样都没有。院长当时说，蒋晓军是杀人犯，不会有人反对，况且，救人要紧，管不了那么多。

“我承认我有私心，因为我虽然在国外进修，但都是跟随其他医生学习，从没亲自主理过，所以当院长有这个提议时，我马上就答应了。

“坦白说，我本来只是抱着实验的心态，因为一般来说，做器官移植之前，是要先做大量化验和检查的，但当时完全没有时间，只能死马当活马医……”

马进一笑：“想不到你也会说冷笑话！”

莫秀嘴角一扬，继续说下去：“手术完成的一刹那，我曾经想过，如果你死了，这秘密便永远没人知道，不会有人追究这次非法器官移植……不晓得是天意，还是你太幸运，蒋晓军的心脏竟然和你完全吻合，救了你一命。所以院长便和我有了协议，一定要共同保守这个秘密。”

“蒋晓军没有家人，所以一直没人来认领尸体，你们非法移植器官的事，也没人注意到。”

“要不是一直做怪梦，你也不会发现吧？”莫秀叹道。

“这样说……我的梦，全都是蒋晓军的记忆？”

“有这个可能……只是，我也不敢肯定……毕竟，器官记忆至今也没有医学上的实质实证。虽然美国有医生做过统计，说大约有10%的器官移植者会继承器官捐赠者的部分性格、记忆或生活习惯，但目前器官记忆都只是病人口述的主观经验，根本没有办法证实……”

“也是……因为百分之百的器官捐赠者都已死亡，不能作证！”马进打趣说。

“不一定，也有部分是在世的亲人捐赠肾脏、部分肝脏之类的……”莫秀纠正马进，“当然，以你为例，你说你梦到蒋晓军的记忆，但怎样证实它是蒋晓军的记忆，而不是你的幻想呢？”

“可是陈相如真的存在！我对她的感觉也是真的！”马进冲口而出。

“你确定？”在公在私，莫秀都想知道答案。

然而，莫秀的冷峻，令马进不知道该如何回答。

4

不足二十平米的办公室，对堂堂一院之长来说确实小了一点，欠缺该有的气势，但已是这家医院里最大的一间办公室，比起莫秀那迷你的小房间，大了好几倍。

院长詹士仁现在的气势，也是绝对凌驾于莫秀之上。莫秀如实地说了她想说的话之后，詹士仁先是难以置信，继而对她怒目而视。他缓缓从座椅站起，最后实在忍不住，双手拍在桌子上，既是确认又是责骂：“你……真的……跟他说了？”

莫秀微微点头，仿佛动作再大一点就会再次招来指责似的：“是他自己猜到的。马进他很可怜，换心之后一直做着噩梦，一直梦到杀人，所以他才想到自己的心脏来自杀人犯蒋晓军……”

“哼！连你也相信什么器官记忆了？枉我保送你去美国进修，你偏偏相信这么不科学的事！”

“本来我是不相信的，但马进的情况的确很特别，他拜托我拿他来做研究……”

“你还想跟马进纠缠下去？怪不得护士长告诉我，你跟马进的关系超越了医生和病人……”

莫秀低头，没承认也不否认。

“院长，你也是个医生，难道你不想知道器官细胞到底可不可以收藏记忆？你不想知道这些记忆可不可以提取出来？马进是个很好的研究对象！”

“研究？你想都别想！如果这件事给其他人知道，莫说院长，我连医生都恐怕没法再做下去了，你也是一样……”詹士仁突然想起，连忙追问，“等等！你没有把他的事也跟马进说了吧？”

“没有！绝对没有！”莫秀急忙解释，“不过……他早晚都会猜到……”

“唉……”詹士仁长长地叹了一口气后，再次坐下来，打开电脑，调出跟蒋晓军器官有关的所有资料。

“马进是警察，总有办法看到我们的档案……”詹士仁一边说话，一边打算动手把档案全都删去，“蒋晓军早就火化了，只要把这些档案都销毁，马进也不会有任何证据……”

“这些都是很宝贵的医学记录……”莫秀走到詹士仁身边，希望阻止他删除这些档案。

詹士仁推开莫秀的手：“你真的把自己当科学家了？你不过是个医生，想救人的话首先要救自己！不听我的话，你在这医院什么也不是！”

正当詹士仁准备继续销毁档案时，一个圆形的东西滚到他脚下。

詹士仁捡起一看，是一枚木制棋子，上面刻了“帅”字。

詹士仁感到莫名其妙，抬头一看，只见一个人站在办公室门口。

莫秀看到，大感诧异：“你来这里……”

一道寒光，忽然从她眼前划过……

* * *

差不多了，只差最后一招，任务就要完成。

一直以来都是按照既定步骤行事，不管别人如何破坏和影响，将军都会坚持下去，直至任务完成为止。

连死亡，都不曾阻止他。

虽然步骤被打乱，但“不一定能按照原定计划行事”，也早被列在他的计划之内。

人非电脑，总有意外、总会出错。电脑出错的话，会当机，立时停止不动；人类可不一样，出错的话，就该当机立断，改变策略，走另一条路，继续朝目标进发。

“专业”的意思不是每次都能做对，而是每次犯错后，都能把错误纠正过来。

原来的计划，本应在林兵死后便结束，若不是马进的出现，杀戮早已停止。

计划只得改变，只得令多人为此付出生命。

所以，这些人，都是因马进而死。

马进是个聪明人，本来值得欣赏，可是，他太执着了。

太执著所谓的正义，但是他不知道，正是这份执着，才会导致更多人死亡。

心脏令马进重生的同时，马进也令心脏重生……马进既是仇人，也是给予第二次生机的恩人。

如果他不是这么执着，早让林兵死去，就不会出现后面的死者，林兵也不用第二次面对死亡。

如果他不是执着地要知道心脏的来源，只安静地享受新生命带来的一切，也不会令医院这个本是用来救人的地方，变成杀人的现场。

所有知道内情的人，都要死。

这也是马进一手造成的。

* * *

手起刀落，血花四溅，断头残肢……

这类令人无法好好安睡的梦，已做过太多次，多得他做梦时，也几乎可以告诉自己，这不过是一个梦，不要惊恐。

所以，当他又一次梦到提着锋利的军刀，割破法官的咽喉、砍下林兵的头颅，甚至开枪打穿自己的心脏时，已没有任何反应，只是不断跟自己说，醒了就没事，醒了就没事……

但这次他没有马上醒来，而是又再堕进深沉的梦境里。

他认出来，这是台湾北部的海边，只要越过山峦，便会看到那个海湾，而沙滩上，就是守候着他的陈相如……

他已忘记了先前的恐怖画面，他心情激动，因为他将要向陈相如求婚……

陈相如站在他早已准备好、以蜡烛砌成的心形里……

她笑得很甜，一如既往的美丽，把盛载着幸福的婚戒盒子拿出来时，陈相如却是脸色一变……

低头一看，手上拿着的不是戒指，竟是一把血淋淋的刀！

5

像被狂风巨浪吞噬的遇溺者，好不容易从没顶的海水中冒出头来，自噩梦中醒来的马进，贪婪地大口大口地吸气，直至确认自己已经醒来，已脱离那荒谬绝伦的梦境。

怎么可能这样对待陈相如……马进这样想的时候，觉得手上黏黏糊糊的，抬手一看，双手竟然全都沾满鲜血！

马进不禁怀疑，难道眼前的都是假象，难道自己仍在梦中……

正疑惑之际，何雅欣、仔仔和班班出现在他面前。

马进这时才看清楚，自己正坐在医院楼梯间的地上，双手和身上都是仍未完全凝固的血迹。

“先把疑犯带回警署。”何雅欣指示仔仔。

“疑犯？”马进不明所以。

“马Sir……”班班向他解释，“詹士仁刚刚发现被杀，颈部遭利器切割，头部几乎断落，凶器……”

当仔仔把马进扶起来时，马进身上掉下一把刀。

马进一眼便认出，这把正是跟杀死法官凶器同类型的美国Spyderco军刀！

“凶器怀疑是一把军刀……”班班刚把话说完。

“仔仔，用手铐！”何雅欣下令。

“Madam……进哥他……”面对自己的前上司及好朋友，仔仔下不了手。

马进已完全清醒过来，他马上想到谁正陷入危机。

“秀……”马进担心莫秀的安危，虽然这时离开，只会增加自己的嫌疑，但已顾不了那么多。

趁仔仔仍在犹疑不决的时候，马进突然挣脱，冲出梯间。

“马进！”何雅欣大喊，但马进早已离开，“追！”

仔仔和班班连忙紧随，但马进对医院的环境实在太熟悉，几个拐弯后已不见踪影。

马进以最快速度，走捷径来到院长办公室。

办公室外站着两个维持秩序的军装警员，其中一个虽然认识马进，但职责所在，不能让马进走进凶案现场。

马进也知道走进去会污染现场环境，影响证据搜集，于是只是站在门外观看。

地上只有一具尸体，看身形绝对不是莫秀，让他暂时松了一口气。

地毡被血液浸满，腥气扑鼻，俯伏在地上的詹士仁，头部歪向一个不可思议的角度，马进想起班班说，他脖子的伤口极深，头部几乎脱落，看来应该没有夸大。

“伙计，监证科的同事还有多久才到？”马进问认得他的那个警察。

“马 Sir，还有五分钟左右。”警察用向上司报告的态度回答。

“啪嗒”一声，马进的左手被扣上手铐。马进没有反抗，转头一看，是何雅欣。

“这里没你的事了，你是嫌犯，不是探员，走吧！”

“Madam……”

“你想说，人不是你杀的，你是被陷害的，对不对？”

“全中，果然是 Madam。”马进笑说。

何雅欣却毫无笑容地说：“目前所有证据都对你不利，还是回去再说吧！”

* * *

“Madam!”高明楝那高亢爽朗的声音，比他本人更早进入何雅欣的办公室。

“高 Sir，请坐。”何雅欣站起来，以微笑迎接笑容比她更灿烂的高明楝。

高明楝以手势示意何雅欣不要客气，于是两人同时坐下。

“Madam，”高明楝不浪费半秒，马上进入正题，“你不会相信詹士仁是马进杀的吧？”

“当然不相信！马进怎么说都在重案组待了好几年，哪怕真的要杀人，绝对没可能留下这些明显得过分的证据。”何雅欣把档案夹推向高明楝。

高明栋打开档案夹，触目皆是詹士仁那头部歪向一侧的可怖死状，厌恶血红的高明楝，自然地眯起眼睛，立即翻到文字报告的部分，仔细阅读。

“用来雕刻棋子的木材，跟以往的完全一样，是来自台湾的红豆杉木。原本大陆也有这种杉树，因为有治癌作用而被过度砍伐，几乎绝种……凶器是美国 Spyderco 折刀，型号是 C146，刀刃长 117mm，钢材是 CPM-S30V，牌子是美国的，但是由台湾的厂家代工，跟在法官颈骨上找到的是同一种钢材，有理由相信是同一把凶器，要进一步对比刀上的缺口……”高明棟读着检验报告，语调就如新闻主播般不带感情，“凶器上只找到马进的指纹，而马进被捕时，手上和身上的血迹亦证实属于詹士仁……”

“连医院的录像，都证实马进曾经半夜起来，离开病房……”何雅欣补充说。

“果然，所有证据都整整齐齐地指向马进，诬陷的味道太浓了！”高明棟说着，把档案夹合上，“这件凶器，这种手法，都跟将军有关联，Madam 你把马进交给我们 O 记吧！”

“程序上，还是先要拘留马进，如果是证实跟将军案有关，马上把案件转交给你们。”

“不会因为马进是你手下，对他特别开恩吧？”哪怕是带有责问的语句，高明棟依然保持着他的气度。

“既然你也相信马进是无辜的，那就快点找出凶手，还马进一个清白吧。而且，从凶案现场地上染血的脚印推断，当时除了凶手和死者外，还有一个人在室内，据马进的讲法，这个人是他的主诊医生莫秀。我们打过莫秀的手机，发现已关机；在医院找过，去过她家，都找不到她。已经将莫秀的照片和资料发送到各个分区，请所有同事留意。”

“很不寻常……”高明棟想到一些奇怪的地方，“将军一直以来都很高调，恨不得全世界都知道人是他杀的，根本没有必要嫁祸给马进……

还有詹士仁的头，没有被带走……双手也没有……”

何雅欣频频点头：“你说得没错，还有一点跟以往不同，他绑架了人质……”

“要不然就是将军改变了手法，要不然……”

“你不是想说，是模仿犯吧？”

“模仿犯可以模仿手法，但用到一模一样的凶器，似乎不太可能，除非……除非是警局里，知道这案件内情的人……譬如马进？”

何雅欣大感困惑：“你不是相信马进是无辜的吗？怎么又怀疑他了？”

“只是其中一个可能性吧，我也很难相信马进有意杀人，只是……我是说只是……有没有可能是无意识地杀人……”

“你是指梦游杀人？”何雅欣以为高明棟在说笑，忍不住笑了。

“Madam，我是认真的，我派人查过，马进自从换心之后，一直有失眠和梦游的问题。”

何雅欣感到意外，但并未影响她的判断：“高Sir，你的猜测太大胆了，我不能认同。”

“只是探讨一下可能性而已，毕竟这次的情况非常独特，既不能完全相信证据，又不能忽略凶器这个重点……况且……”高明棟欲言又止。

“高Sir，有想法就说吧。”

“马进出院之后，新将军才再次开始杀人，而且，林兵和詹士仁死的时候，马进都在附近！”

“高 Sir，你想得太复杂了，如果我们不相信马进，就是中了将军的计；他让我们怀疑马进，目的只有一个：就是想阻止马进继续调查。”

“原因呢？”

“不晓得，或许……将军相信，唯一可以挑战他的警察，就只有马进……”

第6章
心肝

1

国际新闻版上，有一则不大也不小的报道——全球首例换头手术明年在中国实施——由哈尔滨大学医师与意大利神经外科专家合作，替俄罗斯一名患有脊髓性肌肉萎缩症的男士“换头”，这项手术将耗资2000万美金，若手术成功，相信全人类最期待下一位接受手术的，应该是霍金博士……

头部移植，究竟是为头部找到一个新的身体；还是为身体找到一个新的头部？这手术该叫作“脑部移植”，还是“身躯移植”？

假如A和B都死了，我们把A的脑移植到B的身体里，然后这个“人”活过来了，他到底是A还是B？

而当头被砍下来之后，到底头是他，还是身体是他？这是个医学问题，还是个哲学问题？

性格、身份、意识、自我……存在于头里，抑或隐含在身体里？

其他器官呢？如果一个人把所有器官都捐赠给另一个人，会不会连性格也给了他？

做脑部移植手术时，不能单独移植大脑，要连脊椎一起，因为受损的颈椎神经无法复原，很多颈椎受损的人都终身残废。这样说起来，是身体重要，还是脑部重要？

单独被囚禁在拘留室内的马进，在报纸上找不到半点关于莫秀的消息，心情非常郁闷，于是重看仔仔先前帮他准备的各个死者的背景调查，仍未发现有用的讯息，又再拿起报纸乱翻，看到脑部移植的新闻时，泛起连串的胡思乱想。

莫秀会有危险吗？她是将军的目标吗？她就是最后一枚棋子里的“帅”吗？

如果以上问题的答案都是“不”，为什么将军要把她带走？

是因为我吗？

因为我妨碍了他的计划？因为我快要触摸到了核心？快要知道他的计谋？

将军留下棋子，为的是预告即将出现的下一个刺杀目标；刻意安排证据陷害我，只是不想我阻挠计划进行。

何雅欣承诺，一定尽力找到莫秀，一定会找到真凶，洗脱我的嫌疑，但将军不会怠慢，当我如他所预料，被困在这个囚室的时候，他的刀刃，已在某个角落，向着某个人下手……

“进哥！”仔仔的声音把马进从深沉的思绪中拉回现实。

仔仔抱着手提电脑，拉了一张椅子坐在拘留室门外，隔着铁栏与马进对话。

“怎样？找到莫秀没有？”马进迫不及待地追问。

“还没有莫医生的消息……”仔仔带着歉意说，“全港的警察都在留意，进哥你别太担心……”

“不要浪费时间了，”马进赶紧催促仔仔，“要快点找到将军的下一个目标。之前每次出现棋子，不到 24 小时就会有下一个人牺牲！这次我一定要赶在将军前头，保护受害者！”

仔仔反而被搞糊涂了，“你真的不担心莫医生？”

“不是你叫我不用担心的吗？我相信我们的同事已经在努力了。而且，将军要杀莫秀的话，当场就可以把她杀掉，根本没必要把她带走。现场找到莫秀的血迹了吗？”

“没有，所有血迹都是詹院长的。”

“这就对了，将军把她带走，就是对我们有很大的信心！”

“什么信心？”

“他相信我一定能找到他的下一个目标，带走莫秀是为了到时作为人质威胁我。所以，我们不应该令他失望。”

“我们应该怎么做？”

“你要帮我一起，推敲下一个目标是谁……先进去医院的资料库。”

仔仔连忙打开他的黑客程式，在一个非常呆板的黑色画面上，敲入一大串外行人看不明白的绿色指令，不到半分钟，画面已变成医院的病历管理界面。

仔仔把椅子拉近，让马进也可以看到电脑屏幕。

马进看了看画面：“没错，詹士仁被杀的时候，他办公桌上的电脑就是停在这个画面上……你看看里面的资料最近有什么变化。”

仔仔首先搜寻马进的资料：“进哥，连你那份本来很简单的病历都被完全删除了！”

“还能找到吗？”

仔仔十根手指不停地键入各种指令：“已经找不到了，任何与你有关的资料都被彻底删除，而且是不能恢复的……那我们还要找什么？”

马进想了一想，“逆向思维——删除了的资料虽然已经看不到，但能不能找出，莫秀和詹士仁主理的病例里面，有哪些病人的资料被删除掉了？”

“行，我可以比较三天前和今天的记录，看有什么变化……有了，昨天一共有三个档案被删除！”

“能找到名字吗？或者把范围收窄，譬如说，跟我同期做手术的？”

“十八个月前入院，差不多时间进行过器官移植手术的……被删除过档案的也是三个人，就是你……蒋晓军……以及……”

“马 Sir！”不远处，看守扣留室的警员大喊，“有人要来保释你出去！”

2

马进被警员带到会面室，一个人坐在桌子的彼端，正在读报。他看到马进进来，合上报纸，笑容满面地说：“马 Sir，今天的报纸看了没？你上了头条啊！”

警员退出门外前说：“不要超过 20 分钟。”

“没问题，”马进坐下，“车律师，你应该知道，谋杀案嫌疑犯是不能保释的。”

“对，正确来说，是证据确凿，经律政处提出正式起诉的谋杀案嫌犯是不能保释的。”来申请保释马进的，正是车家伟。

“那你为什么要来保释我？”马进问。

“就当我来看看朋友，不可以吗？”车家伟反问。

马进盯着车家伟双眼，以严肃的语气质问：“为什么詹士仁要删掉你的档案？”

“因为我跟你，是同一类人……”车家伟说着，更掀起自己的衬衣——车家伟的腹部之上，横躺着一条粗大的疤痕。

“肝癌第三期……”车家伟把衬衣随意塞回裤子里，“如果不换肝，就连跟你下棋的机会都没有了。”

“你的肝，是蒋晓军的？”

车家伟打了个响指："聪明！全中……哈！没想过杀了两个人的蒋晓军，死后竟然同时救活了我和你，这样算来，地球上的人口没变过啊……不是有句老话说，你杀了一个杀人犯，世界上的杀人犯总数保持不变吗？用在我们这个情况也挺合适啊！"

哪怕马进以看杀人犯的眼光看着车家伟，他依然处之泰然，像在讲述别人的故事般："你知道吗？像我这种专门替大机构打官司的律师，每天都要像陪酒小姐般，和大老板应酬，加上工作的压力，酒喝得愈来愈多……两年前我已经有严重的肝硬化，被逼暂时停止律师工作，后来更加恶化，变了肝癌……"

"是詹士仁帮你做移植手术的？"

"又猜中了，"车家伟双眼往斜上方看，继续讲他的换肝经过，"我比你早一个月住院，一直等不到合适的肝脏，以为自己死定了，没想到那天詹院长跟我说，终于找到一个和我相合的肝，但需要我无论如何保守秘密，同时给他一份非常高的报酬，而且只给我一个小时考虑，因为捐肝的人已死，移植的器官不能冷藏，再不确定，便会坏死……我想，反正都要死了，花钱也好、犯法也好，尽管试试吧，便马上答应了！所以，当莫医生替你换上蒋晓军的心脏时，詹士仁就在另一个手术室，把蒋晓军的肝脏植入了我的身体内……"

"你和陈相如的感情，是在手术后才开始的？"马进试探着。

车家伟点头："我对陈相如一见钟情，如果我没猜错的话，你也是！"

马进有点尴尬，但到了这个时候，也没什么好隐瞒的："没错……我的确对她很有感觉……仿佛，早就认识她……你当初也是这样？"

"是，感觉很强烈，很快很快的，我们就开始了。"车家伟把实情告诉马进。

马进心里虽有一点不快，但现在并不是嫉妒的时候。

"所以，你也同意，器官是有记忆的？"

车家伟再一次点头："起码，我第一次见到陈相如，已经对她有一种很熟悉、很深刻的感觉。"

马进接受了蒋晓军的心脏，却没有获得陈相如的心，得到的只是杀戮的回忆。

"林兵身上的'车'，就是你！詹士仁就是为你换了肝，才惹上杀身之祸的！"马进一腔怒气，全向车家伟倾出，"你取代了蒋晓军，不单成为陈相如的未婚夫，也继承了将军的任务，继续杀人，法官、林兵和詹院长都是你杀的！是不是？"

车家伟就如听到前所未有的大笑话一样，笑得人仰马翻，难以遏止。

好不容易停下笑声，车家伟轻轻擦拭眼角，对马进说："马进，你这么聪明，怎么可能到现在都没发现？"

"发现什么？"马进不明白车家伟的意思。

车家伟身体向前，靠近马进，一字一顿地说："将军，不就是你吗？"

* * *

回到拘留室的马进思潮起伏，脑海里各式各样真实的状况，以及曾经的梦境，完全纠缠在一起，陷入难以解构的混乱之中。

我就是将军？

怎么可能？怎么可能杀了人连自己都不知道？

怎么可能一直追缉的凶手，就是自己？

退一百步想，即使我在梦游的时候，无意识地杀了法官，杀了詹士仁，但林兵呢？当时我一直追踪着他，直至我在三轮车上晕过去……

还有莫秀呢？我怎么可能把她藏起来而不自知？

不可能！

我要冷静，我要冷静。这一定是车家伟的阴谋，他特意跑过来影响我，让我没办法好好思考。

“将军，不就是你吗？”

不！

车家伟才是继承蒋晓军成为新将军的人，他才是布下七星聚会的人，他才是抢走陈相如的人，他……

没错，他要完成七星聚会，很快就会再杀一个人，只要我待在拘留所内，就能洗脱嫌疑，就知道凶手不是我……

不，怎么可以这样想？这不正是他陷害我的目的吗？

一定要想办法，阻止他再次杀人；一定要离开这里，把莫秀救出来……

马进索性在拘留室内做起了运动——俯卧撑、仰卧起坐、深蹲——只有在运动的时候，思想才可以完全放空，让肌肉有节奏地收缩与扩张，替代杂乱无章的思绪……

心跳加剧、全身冒汗、心境澄明……

岳少华、朱翠贞、林兵……七星聚会……

车家伟带来的报纸一角映入眼帘，财经版上的一则报道，令马进看出端倪……

3

电车从金钟道进入德辅道中前，都需要减速，因为这里有一个微微上坡的急弯，过了这个急弯，就是中环租金最昂贵的黄金地段，首先映入眼帘的，是三十年前花了十亿美元建成，当年全球最贵的香港汇丰银行大厦。

研究风水的人都认为，这是全香港风水最好的位置。1886 年，汇丰必定聘请过一位堪舆大师，为他们选了这个独一无二的地址，才让汇丰一百多年来一直是香港最有规模的银行。

现代的风水学视马路为带来财富的“水路”，没水不能活，但“来水”太急也留不住，就是这个弯位，令水路得到缓冲，不至于直闯，而是细水长流，慢慢流进弯位后的汇丰[1]。

轩龙集团的总部却采取了另一种策略，选址在急弯之前，截取了“水路”最猛最急的一段，若相信风水的话，就能轻易解释，为什么轩龙集团才十多年历史，就已跻身全港最大饮食集团之列，但飞速发达之后，旋即遇上连番的官司，以及多起命案……

在应付丑闻与官司的同时，轩龙并没有忘记包装的重要，没有忘记为今天集团成立十六周年举办一个粉饰太平的盛大庆典。

轩龙集团大厦外的广场上，已搭建了一个贴满金箔的舞台，即使是大白天，在周围的射灯照耀下，仍能反射出闪闪金光。

“最后十五分钟，最后十五分钟！”透过耳咪，舞台导演指示一男一女的大会司仪尽快完成排练，因为表演场区外的鸡尾酒会快要结束，来自世界各地的贵宾，没多久就会鱼贯进场。

舞台后是临时化妆间和休息室，也是唯一有空调的地方，穿戴整齐的集团主席刘凯明，一边用他总是带在身边的毛巾擦汗，一边听着公关部总监简介庆典的流程。

刘凯明已经六十二岁，若不是这两年为了“混合油案”奔走而多长了白头发，他的身体仍算壮健，目光仍算锐利，看来不过是五十岁上下。

1　另一个说法是，九龙半岛呈锥形，像个稍微倾斜的漏斗，而那斜向的尖端，正对着汇丰银行，所以把北方来的财气，全都汇聚于汇丰身上。

由一个中菜后厨，到菜馆老板，再把分店由两家拓展到遍布亚洲，再到上市，成为集团主席，统领上万员工，刘凯明这条路走了三十年。这个皇座能坐多久，自己心里也是没底，但以他一贯遇神杀神的处事手法，刘凯明并没感到一丝恐惧。

每次面对指控，刘凯明都勉励自己说：“怕什么？我是凭一把刀、一个铲起家的！”

休息室外传来吵架声，刘凯明以他改不掉的潮州口音叱喝，“怎么了？”

一个保镖匆匆进来，向刘凯明报告：“不好了，外面来了很多警察！”

“有什么不好了？”刘凯明站起来，“是来祝贺我的吧！”

“不，是要来阻止我们办庆典的。”

“什么？”刘凯明小声说了一句脏话，“我去看看！”

刘凯明刚走出休息室，便在门外看到高明棟。

“高 Sir！我不记得自己邀请过你呢！”因为混合油案，刘凯明与高明棟已见过好几次，每次都对他冷嘲热讽。

“无所谓，反正也没什么事值得高兴的，除非你坐牢，全港市民就可以大肆庆祝了！”高明棟也总是出言反击，每次都把刘凯明气坏。

“高 Sir，你这是滥用警力，你们凭什么中止我的活动？”刘凯明回头问公关总监，“我们这个活动是不是正式申请过的？”

公关总监走上前，态度倨傲地对高明棟说：“上月初已经向康文署申请、警务署和路政署都有备案，你还需要什么文件？”

高明棟没有理会公关总监，直接面对刘凯明：“刘先生，为了你的安全，我劝你还是停了这个活动比较好。”

“是吗？那请问你们凭什么要我停止活动，你有文件吗？有禁制令吗？如果没有，你们这样来打扰我，就是滥用警力！”刘凯明态度强硬，更对公关总监说，“找几个电视台的记者来报道一下！”

“等一下，我们不是要拘捕你，我们是来保护你的！”

“高 Sir，你不是很想看到我倒霉的吗？怎么忽然发好心要来保护我？”刘凯明拿了一根香烟，叼在嘴角，在身上摸索打火机时，高明棟把他的香烟抢过来，扔在地上。

“你想死我不会阻拦你，但千万不要连累其他人！”高明棟说，“室内禁烟你是知道的。”

“够了！高 Sir 你究竟是 O 记还是控烟办的？”

“个人来说，我不关心你的死活，但作为一个警察，我有必要保住你的命，让你有机会上法庭受审，这样才能让你在监牢里安享晚年。”高明棟说出他的心底话后，再补充说，“我们有理由相信，将军杀人案尚未结束，而你就是下一个被刺杀的目标！”

“将军？那个杀了我三个董事的杀手？你们之前不是一直怀疑，是我买凶杀人的吗？现在终于相信我是被冤枉的？”刘凯明面带狐疑，“你不是……想套我的话吧？”

“现在没时间跟你好好解释，但根据你们法律顾问林兵被杀的经验，杀手很有可能潜伏于人群之中，趁庆典期间下手。”

刘凯明闻言，沉默了一会，然后问公关总监：“印尼大使到了吗？”

“到了，和他老婆、大儿子、媳妇一起来的。”公关总监恭敬地回答。

“好！庆典还是准时开始比较好，走吧！”刘凯明说着，拉着公关总监离开。一边走，一边拿出另一支烟叼着。

“刘先生……”高明棟大喊。

“一，这是户外地方……”刘凯明回头对高明棟说，“二，保护我是你们的责任！”

说罢，刘凯明便在四个保镖的簇拥下，向着舞台走去。

4

即使轩龙集团被全港市民所唾弃和声讨，跟它们有着生意联系的商家、在它们产业链上下游的供应商，依然视轩龙为衣食父母，它们都相信，轩龙能挺过这一关——刘凯明的一生，经历过几次大起大落，每次都能逆转难关，凭的不是运气，而是他对敌人狠辣且不留情面、对伙伴却忠诚长情的处事手法——当轩龙的低潮过后，它们仍是合作伙伴。

因此，舞台下放置了三百张座椅，没多久将被赏脸的宾客坐满。

穿戴隆重的宾客，经过一个站在场中央的女性，都被她高挑的身形，以及跟现场气氛格格不入的中性打扮所吸引，向她投以好奇的目光。何雅欣却没有闲工夫去理会别人如何看她，她只想把注意力集中在将军有可能出现的方向，并且马上作出部署，指挥部下在四面八方布防，紧盯着任何可能威胁刘凯明安全的人。

经历快闪党突然涌现，让将军乘乱掳走林兵这次惨痛教训后，何雅欣特别要求部下，在会场入口处确认宾客身份，慎防外人浑水摸鱼。时间充裕的话，本来可以用特别的铭牌来识别，可是这次保护刘凯明的行动，实在组织得太过匆忙。

一个小时之前，何雅欣正在忙于准备文件，向律政处申请延迟起诉，尽她最大的努力争取马进保释的机会。何雅欣相信马进有能力和决心侦破将军案，碍于执法程序，她必须拘捕他；但为了破案，她也必须尽快让马进脱离目前的困境。

桌上的座机响起，何雅欣随手按下免提键，传来急促的声音：“Madam Ho，马 Sir 有急事找你！”

何雅欣三步并作两步赶到拘留室，透过栏栅竟看到马进站在座椅上，盯着地上散乱的文件夹和资料，口中念念有词。

“马进！你没事吧？”

马进听到何雅欣的声音，兴奋地从椅子跳下来，走到栏栅前，迫不及待向她展示他的发现——他把仔仔带给他的所有资料铺在地上，排列成一个图形。

“这是什么？”何雅欣看不懂地上图案。

“七星聚会。”马进回答。

何雅欣不明所指，马进向她解释了七星聚会的含义后，直接讲出他的结论：“简单来说，新将军再杀一个人，就能完成他的计划，这个最后的目标，就是刘凯明！”

何雅欣的反应和高明楝一样，感到极为奇怪：“刘凯明不是幕后主使吗？为何杀手反过来要杀他？”

“正是因为他是幕后策划的人，”马进握着拳头，食指朝天以加强他的语气，“所以他才是真正的主帅！”

“最后的帅？”

“没错！”马进用力地点头，“最初，蒋晓军执行刘凯明的命令，替他刺杀岳少华和朱翠贞，目的很简单，就是杀人灭口，以及用恐怖残忍的手法，令所有有份参与混合油案的人闭嘴。只是，蒋晓军给我打死了，杀人计划也终止了。”

“如果刘凯明的目的只是杀人灭口以及让有关的人闭嘴，他已经做到了，”何雅欣说，“事实上，蒋晓军死后的一年多，律政署都因为缺乏证人而难以起诉，直至林兵愿意再出庭作证……”

“没错，直至林兵再次出庭，”马进紧接着何雅欣的话，“如果刘凯明要继续他的计划，让林兵不能出庭，那他直接把林兵干掉就可以了，为何要杀法官？”

“因为这个时候林兵被杀的话，刘凯明就更难脱罪？”

“那为什么后来林兵不再作证，躲到泰国去，反而要被杀呢？”

“这一点，我也想不通……”

“关键就在于，从杀人手法来看，新将军必然是蒋晓军的同党；但从目标来看，新将军并不是为了替刘凯明杀人。”

“你的意思是，新将军是受到另一个人的主使？”

马进摇头：“不！新将军是为了完成蒋晓军的遗志。”

“是什么？”

“正义！”马进义正词严地说，“当日蒋晓军曾经跟我说过，他杀人是为了正义，为了制裁该死的人。我回想过很多次，我都觉得，蒋晓军说这句话的时候，是认真的。他用他的方法，去执行他认为的正义——他杀死岳少华、朱翠贞，以至林兵，都是为了正义，因为这三个人，一个负责财务、一个负责营运、一个负责法律，三个都是刘凯明最得力的助手，没有他们，轩龙集团一定没有今天的规模。三个人和刘凯明一样，都是混合油案的核心人物，在蒋晓军和他的同党眼中，同样该死！

“十年前，戴乐能还没当法官，仍是执业律师时，曾经被怀疑与林兵勾结作假证供，为一个人脱罪，这个人，就是刘凯明；詹士仁五年前曾被指控借院长身份进口禁药，而进口商，背后的金主也是刘凯明！所以，新将军的目标，全都是跟刘凯明有关，并且涉嫌犯罪，但从未被法律制裁的人！”

在何雅欣正在消化马进的话时，马进又继续：“Madam，我们没时间慢慢想了，新将军很快就会出动！”

“你怎么知道？”

马进拾起一份报纸，指着其中一则财经新闻：“还有不到一个小时，就是轩龙集团的周年庆典，所有跟轩龙有生意往来的人都会出席，新将军一定会利用这个时机，谋杀刘凯明，因为，他要挑战警方、挑战法律，用他的方法来宣示正义，宣示和蒋晓军一样的正义，让所有人看到刘凯明这个犯案累累的幕后主帅，如何得到他的报应！若在这个公开的场合杀死刘凯明，可以给台下的人一个最佳的警告——所有有罪的人，都要死！”

何雅欣看了看手表，确实距离下午四时举行的庆典只有不到一个小时了。

“Madam，这次的推测，绝对正确，你要立刻行动了！”马进做最后的努力游说何雅欣。

“好！我相信你，我立刻通知高 Sir，同时会亲自带队去典礼现场。”

“我要一起去，我有信心在现场逮到杀手！”

“你的保释许可还没批下来……”何雅欣想了想，做了一个很大的决定，“我有办法说服律政处……你自己要小心……”

何雅欣说完便转身离开，地上传来一下金属物体坠地的响声，但何雅欣却头也不回地走了。

马进低头一看，是一条钥匙，于是悄悄伸手出栏栅，拾起钥匙……

马进嘴角微微扬起——他欺骗了何雅欣，利用了她对自己的信任——马进急于离开拘留所，并不是为了拯救刘凯明的性命……

5

离开拘留室，已是三点二十分，何雅欣马上致电高明棟，向他简单扼要地说明了状况，请高明棟立即赶往庆典现场，劝刘凯明暂停活动。

警察局离轩龙集团大厦虽然只有十分钟车程，但向上司申请派遣特警队的话，不单时间不够，她也没有足够的实证向上司呈交。何雅欣只好兵行险招，尽其所能把警察局内所有她权力范围能调配的人手，统统临时调派到庆典戒备。高明棟也即时召集负责混合油案的所有探员，赶往协助。

三点四十五分，两辆警车和三辆闪着警灯的私家车从警察局出发，全速向会场驶去。何雅欣和高明棟都在车上，他们在二十分钟内，把警察局里可以调动的警员全部带上，并在途中透过车内广播，向这三十个警员讲解任务的内容和要注意的重点。

所有警员都聚精会神地听着解说，他们都没注意到，当五辆车驶离后，一个人趁着停车场出口的起落杆还没完全降下时，悄悄走出警察局之外……

这个人，是马进。

* * *

鱼贯进场的宾客，瞬间填满了所有座位，眼前这个盛况，明显告诉何雅欣，高明棟并没有成功游说刘凯明取消庆典。

当司仪站上舞台，向来自世界各地的嘉宾及媒体宣布庆典开始，现场掌声雷动的时候，高明棟走到何雅欣身旁。

“我一直不明白刘凯明这种卑鄙小人，凭什么做到第一大饮食集团的主席，”高明棟一边注意四周环境，一边对何雅欣说，“今天我终于知道，他有一个跟其他有钱人不同的特点——他不怕死！”

“他不是不怕死，是面子对他来说比生命重要，这么大的庆典，如果突然取消，这些来宾和记者，一定有各种的不满和闲言闲语，刘凯明丢不起这个脸。”

“他们最后只答应从集团大厦调派更多保安下来，在舞台周围筑起人场，尽量保护刘凯明的安全。”

音乐响起，两旁高台上的聚光灯向舞台投射强光，一队新晋的女子团体在展示她们苦练已久的热舞，可能嘉宾们的平均年龄较大，对台上舞动的小短裙缺乏兴趣。

“我们已经尽了最大的努力，”震耳的音响逼使何雅欣提高音量，指向四周不同方向说，“我们的同事已经在会场周围布防，主要出入口、接待处、化妆间、后台，全都有同事在，他们初步检查过，会场内没有放置可疑物品。

“我也向爆炸品处理组备案了，他们答应……”高明楝看看手表，“五分钟内可以派警犬来，帮忙搜寻危险品和爆炸品。”

何雅欣点点头，心里面盘算着，现场三百多个嘉宾、记者，近百名保安，三十多个警察，这么多眼睛的见证下，新将军哪怕有超凡的身手，甚至身怀重型武器，也不可能暗杀刘凯明。既然蒋晓军曾经安排过以炸药损毁汀九桥这么大型的“表演”，何雅欣觉得，新将军也有可能用高调的手法，在众目睽睽下“处决”刘凯明。

女子团体换了一首慢歌，高明楝松了一口气，可以用回正常的声调讲话：“刚才看过流程表，这帮小女生唱完这首歌之后，还有另外一个三流歌手会唱三首歌，然后就是刘凯明上台致词，所以……”高明楝又看一次手表：“大概还有十五分钟。”

何雅欣沉默不语，一脸愁容。

“别太担心，”高明楝安慰道，“只要将军出现，我们一定可以抓到他的！”

“我不担心，我只是……”何雅欣欲言又止，其实她心里面的那句话是，“不晓得马进现在怎样？”

* * *

穿过停车场，走不到十米就是后门，门前并没有任何警卫守候，这也没什么好奇怪的，谁想过闯进警察局？除了将军以外。

轻而易举地用早上复制的门禁卡打开后门，经过走廊时虽然遇到一个警察，但他没有半点怀疑，既因为将军装出一副在赶时间的模样，也因为他身上别着一个警员证。当然，这证件也是假的。

警察局中数十个不同部门，每天都有新面孔，不可能记住每一个人，加上，警察局里没几个人见过将军的真面目，除了马进。

不过，马进已被关在拘留室内，大概连他自己都开始怀疑，自己到底是谁……有没有杀过人……

用不了多久，警方就会搞清楚，杀死詹士仁的并不是马进，他才不是将军，他只是一个宿主，一个让“心有所属”的宿主。他提供了身体、提供了血液和养分，但他始终不是他。

当警方搞清楚一切的时候，任务已经完成了，他会离开这里，离开这个没有他的地方。

警察局的环境早已了然于胸，本应留守在这里的警察，也几乎全都被调派到轩龙的庆典会场，将军如入无人之境，直奔放置证物的房间。

那两个高级警官，纵然把警察局内的人手都带走，但有一个人在接班的人来之前，是绝不能离开的，就是负责看管证物房的当值警官。

远远看到当值警官时，将军觉得今天自己挺幸运的，因为是个女的，而且看来弱不禁风。

将军走到她面前，班班抬头一看，觉得眼前人十分陌生，还没开口，只看到一道银色的光芒，然后感到自己右边的脖子一阵凉意。

当温热的血液如泉喷出，班班才知道自己的颈项被利刃割破了，她下意识以右手手掌按着伤口，但一阵晕眩感袭向脑袋，她向地上倒去……

将军半跪在倒地的班班面前，拿起她的左手，把它按在她的右手之上，用温和的语气对她说：“快速流血超过一公升就会死，我也看不出你现在流了多少……总之，双手用力按住伤口，千万别动，幸运的话，血液凝固了，还有可能捡回一条命……”

将军站起来，在班班桌子的抽屉里找到一串钥匙，用它打开了证物房的门。

他走进房中，找寻了一会，找到他想要的东西后，马上离开。

班班视线模糊，已看不清楚将军拿走的是什么。她以最后的力气，紧紧按着伤口，一辈子，从来没有像这一刻，这么想活下去过……

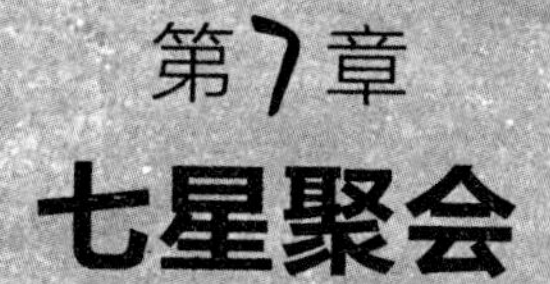

第7章 七星聚会

1

“身体已完全康复”是马进一生对自己讲的最大的一个谎话。从警察局溜出来后，他拼命地跑，希望赶在同僚抵达庆典会场前，率先识破新将军的阴谋。

只要穿过夏悫花园，走上统一中心与海富中心之间的人行天桥，一直往前走，就可以省下过马路的时间，有可能快一步到达轩龙集团大厦。

但只跑了不到五分钟，马进已觉得心跳快得难以承受，像要从胸口跳出来似的。马进想坚持下去，然而急速的呼吸令他不得不暂时停下，双手支在大腿上，不断喘气。

一个路人走近：“先生，你没事吧？”

马进讲不出一句话，只是向他摇手，表示自己没事。这时候，他看到天桥下的马路，一部黑色厢型车经过……

不知道是什么东西触动了马进，他突然心中一凛。

“糟糕！”马进大喊出来，把刚才问候他的路人吓了一大跳。

马进虽然有一种晕眩的感觉，这个时候也只好强忍。他一百八十度转身，向着来时的路，赶紧跑回警察局。

* * *

这个时候，这个位置，绝对没有人会发现。

所有人都把目光集中在刘凯明身上，为保护这个无耻之徒而尽心尽力，不管值不值得这样做。

警方得承认，他们又一次被将军“将军”了。若他们懂得下棋，应该知道，除了把“帅”吃掉外，把他逼到走投无路，两面受敌，也可以获得胜利。

将军从警察局证物房拿走的，是蒋晓军的遗物——一小包像是粘土的 C4 塑胶炸药。警方一定以为这是蒋晓军破坏桥面后剩余的，完全忽略了它本来的用途。

C4 的黏力很好，又可以随意捏成不同形状，将军把它揉成长条，沿着门贴上，并插上雷管以及遥控装置。C4 的稳定性很高，即使向它开枪也不会爆炸，只能靠雷管引爆，所以将军根本不用小心翼翼，就能轻松把它安装完成。

看起来只有一丁点，但这个分量，已足够炸毁一幢别墅。

同时，可以帮他炸开通往天堂的大门。

* * *

几分钟后，马进又回到警察局，因为没有工作证和门禁卡，他只好从正门的报案室进入。

接待处的当值警员，看到马进时，先是下意识地打招呼，但半秒后他已反应过来，右手连忙按在自己的手枪上，严肃地对马进说："马Sir，我没记错的话，你现应该在拘留室里，你什么时候被放出来的？"

报案室的其他警员听到，也走过来戒备。

仍在喘气的马进，明知已经没时间好好向他们解释，但硬闯的话，必然遭到同僚的逮捕，在着急想办法的时候，马进看到警员身后那个电视幕墙，正在播放着局内不同部门的情况，当中证物房外的一角，隐约看到地上有像是血迹的一滩水。

马进指向画面，叫他看看。

"别想声东击西，我不会上当的！"警员说。

"不！紧急情况，你先看看！"马进怕警员尚有怀疑，主动举高双手，示意自己并无不轨企图。

几个警员往电视看去，果然发现是一大滩血迹。

"去看看！"其中一个警员带着马进，一同往证物房，另一个警员跟在他们身后，以防马进有所图谋。

当他们来到证物房时，三人都为之震惊，地上的果然是血，并比他们想象中要多得多。

他们走向血液的来源，发现班班倒卧在办公桌后面的地上，双目紧闭，面无血色，不知是死是活。一个警员立时呼召救护车。

“班班！”马进扑向班班身边，也不管衣裤上都沾上了血迹，“班班你怎样？谁伤你的？”

班班右手仍按在自己的伤口上，左手却已无力下垂，身上衣服也被自己的血浸透。

班班眼皮抖动，尚有微量的呼吸，但已答不出话来。马进急忙把自己的外衣脱下，卷成长条状，围在班班的脖子上再打了个结，希望可以减缓流血的速度。

“你们先照顾她！”马进嘱咐另外两个警员，然后冲进证物房，不到半分钟他又从证物房冲出来。

“你！跟我走！”马进对其中一个警员说，又指着另一个警员，“你！千万不可以让她死！”

* * *

“……这两年，轩龙确实多了一点风风雨雨，但是——但是我刘凯明一辈子，哪一天没有风风雨雨？哪一天不是四面楚歌？我退缩过吗？放弃过吗？没有！”现场响起一片谄媚的掌声，刘凯明等掌声稍遏，继续进行上面的演说，“以前我没怕过，现在我也不怕，将来，也不会害怕！今天，我答应各位，一定会继续领导轩龙，渡过所有难关，开创更辉煌的成绩！”

掌声又再响起，比刚才更加响亮、持续更久。

庆典开始了半个小时，台上台下气氛一片欢乐，表演者和嘉宾，完全没有感受到任何危机和威胁，似乎只有警方在干着急。

刘凯明慷慨激昂的演讲完成后，从舞台的一边走下来，警方及现场保安上前，把他围在中央，不留一丝空隙让杀手有机可乘。

时间一分一秒过去，却没有任何不寻常的事情发生。何雅欣收到报告说刘凯明已安全回到休息室，等待下一次上台，正想转头跟高明楝商量时，手机响起。

她拿起手机，来电显示是一个陌生的号码，她按下接听键，马上传来马进焦急的声音：“Madam，目标是……”

马进的一句话还没讲完，何雅欣头上突然传来强烈的爆炸声！

现场所有人抬头往爆炸方向看去，只见庆典舞台背后，轩龙集团大厦顶层的玻璃幕墙已被炸出一个大洞，玻璃碎片从51层的高楼上坠落，破洞中更冒出熊熊火光。

参加庆典的人，看到这状况，全都慌忙离座逃跑，场面一片混乱。何雅欣和高明楝，马上分头指挥警方及保安人员，一边协助疏散人群，一边加紧保护刘凯明离开现场。

在这个混乱非常的环境下，一个戴着帽子和口罩，提着巨型手提包的人，从集团大厦走出来，乘乱混入人群之中，转眼间失去踪影……

2

戴帽子的人在慌忙逃生的人群的掩护下，不疾不徐地走向一部停在路旁的厢型车，电动门徐徐打开，正想上车时，一个沙哑但有力量的声音在背后响起："你已经被逮捕了！将军！"

戴帽子的人回头，看到一把左轮手枪指着自己，持枪的人是马进，还有一个警员站在马进背后。

戴帽子的人徐徐脱下口罩，对着马进莞尔一笑，仍是用银铃般的声音说："马 Sir，你比我想象中要聪明呢！"

虽然已有心理准备，但看到她的相貌时，马进那原是蒋晓军的心脏仍是不争气地，狠狠地在胸膛里敲了一下……

她是陈相如。

马进心中的悸动被陈相如看穿了，趁马进迟疑之际，她以闪电般的速度从腰间拔刀削向马进；马进的反射神经在这一刻战胜了心脏，不假思索地扣下扳机……

陈相如的刀尖在马进开枪的同时，劈中手枪的枪身，令子弹稍微打偏，击中陈相如的右肩。

陈相如中枪受伤，在倒地之前，她奋力把手提包掷进厢型车敞开的车门内，大喊："开车！别管我！"

厢型车绝尘而去，马进想制止但已来不及，现场逃生的群众太多，若贸然开枪太容易伤及路人。

另一个原因是，虽然马进看不到司机的样貌，但隐约看到，莫秀被捆绑在车内……

* * *

高明楝从侦讯室出来，向何雅欣摇了摇头："她什么都不愿意说，只想见马进。"

"我听到了。"何雅欣透过单面玻璃，看着里面的嫌犯，"只看外表的话，绝对猜不出这个人是将军。"

"我也很意外。"马进的声音从背面传来，"而且很失望。"

"马进，律政处已经取消了所有对你的指控，"何雅欣指向里面的陈相如，"她就交给你了。"

马进向何雅欣和高明楝点头，然后深吸一口气，推门进去，面对他曾有一刻爱过的人……

陈相如看到马进进来，用对老朋友的语气说：“马 Sir，怎么这么晚才来啊？快坐吧！”

马进坐下，尽量用平静的态度去掩饰自己内心的激动，“班班，那个在证物房外被你割破颈动脉的女警……”

“刚刚渡过了危险期，是不是？”陈相如插嘴问道。

“你怎么知道？”

“我要杀的人，从来没有逃脱过，”陈相如充满自信，“不想杀的，也不会让他死……那么小的一个伤口，血流干之前就会凝固，死不了的。”

“哼，说到杀人，你果然是专家……她流了 800 毫升的血，几乎是身上五分之一的血量，幸好我及时回到警察局，要不她一定失血过多！”班班的重伤，令马进对陈相如多了一份愤恨，但他暂时压抑着怒火，因为他要知道莫秀的下落，“莫秀在哪？”

“我不是说了，我不想杀的人，不会让他死……至于我想不想让莫秀死，就要看你了。”

“你想怎样？”马进焦急地问。

“先告诉我，你是怎么发现我是将军的？”

马进确信陈相如是个决绝的人，为了莫秀的安危，只得顺从她，说出他的思考过程：“我一直都不确定是你，只是顺着你们的布局去想，后来突然灵光一闪，抓到你们整个计划的一个疑点，当我在证物房内看到蒋晓军的证物里少了一包炸药，我就知自己的想法是对的。”

“说出来听听，不对的我可以纠正你。”陈相如淡然地说，活像个老资格的侦探而不是犯人似的。

马进喝了一口水，然后一口气讲出来：“发现你们是按照‘七星聚会’的棋子顺序来杀人之后，我曾经跟O记的高警司讲过，他没有很放在心上；直至车家伟今天早上来看我，留下报纸，上面有轩龙集团周年庆典的报道，我才把事情的严重性向重案组的上司报告，她马上相信了我，准备把所有警力集中在刘凯明身上……

“我当时就有一个念头——这是一件多么顺理成章的事，曾经的幕后主谋，现在反过来被疯狂杀手追杀，如此紧急的情况下，加添人手实在刻不容缓——不过，一切会不会太过戏剧性呢？但既然上司相信了我，何不索性让她相信下去，让她跟随你们的‘剧本’走，这样我才有机会离开拘留室，才有机会看穿你们真实的动机……”

陈相如点点头，认同了马进的推测。

马进接着说下去：“当我终于离开了警察局，赶去庆典的时候，我突然觉得很不对劲，觉得一连串的事件全都是疑点：蒋晓军也好，你也好，从犯案的手法以及安排的准确程度来看，你们绝对不是有心理疾病的连环杀手，也不是有某种政治追求的恐怖分子，所以你们根本没有必要留下杀人的规律……

“用逆向思维推测——死亡预告、每次留下的棋子、七星聚会等等，全都指向一个既定模式，目的正是要让我们警方相信，你是按部就班行事的，无非是引诱警方堕入你的模式和规律之中，被你牵着鼻子走！”

“不错，挺接近的。”陈相如嘉许说。

“我本来的想法是，你让警方把人手都集中在庆典上，一定是为了声东击西，就好像那次蒋晓军先去冲击警方的路障，让警察追踪他，再把警察困在桥上，就可以乘机刺杀林兵。这次你把警方引到刘凯明身边，目标一定不是刘凯明，只是我没想到，你是为了转移警方视线，让警察局里面的人手全都给临时抽走，这样你才有机会拿回蒋晓军的遗物，再拿这包炸药去炸轩龙集团的总部，抢夺你们的财宝……”

陈相如冷笑一声：“这不是抢，是我们应得的报酬……”

3

审讯室外，高明棟和何雅欣聆听着马进和陈相如的对话，高明棟对何雅欣打趣说：“马进果然是个好警察，为了破案，不惜牺牲上司，利用了你的信任呢！”

何雅欣白了高明棟一眼：“为破案可以不择手段嘛。不过，我会跟他算账的。对了，轩龙的损失计算好了没有？”

“没有任何人员伤亡，但轩龙集团大厦顶层的董事长办公室被炸得一塌糊涂，保险箱完全被破坏，损失一批价值超过七亿美元的不记名债券！”

“七亿？美金？”何雅欣不禁咋舌。

审讯室内，陈相如继续解释自己的行为：“我只是要拿回本来就属于我的东西而已……”

陈相如说话时，自然地抚摸着脖子上，那条骷髅头与玫瑰交缠在一起的项链：“我说的是这条项链，它也是蒋晓军的遗物，放在警察局这么长时间，我一直很想念它……”

马进早就应该想到，陈相如跟蒋晓军是一对儿，在星相咖啡店墙上看到的照片，很多都是在高空拍摄的，而蒋晓军会驾驶喷射飞行翼……只怪当时意乱情迷……

陈相如的双眼，充满柔情，马进忍不住问：“为了已经死去的蒋晓军，值得吗？”

陈相如答得云淡风轻：“他，是我的全部。”

陈相如的双眼，就如投向远方般往一旁看去，自顾自地忆述起她和蒋晓军的过去：“我们在同一家孤儿院长大、受教育，校长是个很严肃、很虔诚、又充满爱心的老姑婆。她很穷，而且得到的援助很少，为了抚养我们，她每天要去周围的家庭做家教赚钱，晓军和我才十二三岁，就开始打零工，照顾比我们小的孤儿……”

陈相如看到马进那充满怜悯的目光，忍不住笑了：“呵呵！讲这些并不是要博你同情，我只是想告诉你，我和蒋晓军的感情有多深……无数个吃不饱、睡不暖的晚上，我们只有彼此，我就是他唯一拥有，他也是我唯一拥有的。而这条项链，是我们后来赚到钱，我第一份送给他的礼物，他一直带在身上，直至……”

一颗泪珠滑下脸庞，在落下前陈相如迅速把它擦去，转眼又恢复笑容：“你可能会想，我们杀这些人，是要报复社会，是要儆恶惩奸，是要对付有钱人……你错了！我们对这些‘坏人’没什么仇恨，只是穷得太久了，我们不想再回到以前那种饿着肚子睡觉的日子，只要能赚钱，我们做什么都可以！

“不是吗？像轩龙那帮人，为了钱，可以用劣质油去毒害一百万人；律师、法官为了钱，可以帮这些坏人脱罪！医生为了钱，可以选择救谁或者不救谁，可以随便拿走我最爱的人的心和肝……”陈相如愈说愈急，“那我们为什么不能为了钱，去杀那些该死的人？当我们有了大把的钱，自然有律师和法官帮我们脱罪，自然有医生保我们的命。”

“那我真是误会了，”马进带着轻视的目光，“还以为蒋晓军死之前说，杀人为了正义是真的。”

“虽然你有了蒋晓军的心，但你始终不是蒋晓军。所以你不明白——钱，就是我们‘将军’的正义！”

“既然将军是你们二人的组合，那天，为什么只有蒋晓军一个人？”

陈相如又再往一旁看去：“因为我快要生孩子了……”

这突如其来的消息让马进愕然。

“因为要生孩子，我回台湾了。我们本来打算，完成这次任务之后便结婚，隐退，不再做杀手，好好照顾小孩……”陈相如把脸转过来，用幽怨的眼光看着马进，“你却杀了他，杀了孩子的爸爸……”

陈相如语气平静，却听得马进心里隐隐作痛。

“你不觉得这个世界真的很不公平吗？你杀了他，他却救了你……”

“还有车家伟。”马进补充。

“你知道吗？杀了詹士仁之后嫁祸给你，目的不是要你来顶罪，而是为你好……”陈相如语气透着哀怨，“我不想你再查下去，你始终保存了晓军的心，我不想为了阻止你而杀你，我怕伤了晓军的心。”

“车家伟呢？他不就是取代了蒋晓军，成了你的搭档？”

“车家伟？他和你一样，连替代品也算不上！你们都只是个器官！”陈相如一脸不屑，“你以为是晓军的心和肝救了你们吗？错！对我来说，你们才是器官，是让晓军的心和肝活下去的器官！”

陈相如的话带来一片沉默，空荡的房间里只闻陈相如和马进急促的呼吸声。

待陈相如稍微冷静下来后，马进再问：“车家伟不是你的未婚夫吗？这些杀人案，不是他和你合谋的吗？”

“车家伟算什么？晓军和我才是将军，他只是被我利用的一枚棋子而已！所有计划都是我一个人想出来的，和车家伟一点关系也没有，所有人都是我杀的，包括莫秀！”

“什么？你刚才不是说莫秀没死的吗？”

“没错，但是我不打算让她活下去了。”

马进拍着桌子站起来，“为什么？”

陈相如斜眼看着马进：“你不是我的，但你的心，始终是属于我的！我不容许你关心另一个女人。”

“你到底把莫秀藏在哪里？”

陈相如明显在包庇车家伟，但无论马进怎样逼问，陈相如再也没说一个字。

一整个晚上，全港警察都在找车家伟和莫秀，但都无功而返。

虽然逮捕了将军，马进始终不明白，七星聚会到底是何时构思出来的杀人计划？

还有最重要的问题：谁是主谋？

4

陈相如死了。

第二天清晨，彻夜未眠的马进打算再次审问陈相如，来到拘留室时却看到她躺在地上，墙壁上、地板上都是鲜血，开门的警员吓得几乎晕倒。

“快！叫救护车！”马进厉声唤醒警员，警员跌跌撞撞地离开。

凭地上大量的血迹，以及血液喷洒的高度和角度，马进还没检查伤口，已可断定陈相如割破了自己的颈大动脉，而且伤口很长很深。马进不止一次看到这种血量，他意识到，陈相如已不可能再救活，但他仍尽最后努力，一只手扶起陈相如，另一只手按着她的伤口。

血流缓慢，心跳微弱，因为能流的，都已经流出来了；本来肤色较深的陈相如，如今却非常苍白。

“相如！陈相如！”马进大喊，但声音再大，也唤不回她已失去的意识。

十分钟后，陈相如被抬上救护车，马进脑海里快速闪过一连串的画面，全是与陈相如一起的片段，梦里的、现实的、过往的、昨日的……统统混在一起，而在车门砰然关上的一刻，都如烟消散……

又过了十分钟，马进接到急救员的电话：在救护车把她送到急诊室前，已在途中证实死亡。

回到拘留室，面对已失去体温的血迹，马进想大声叫喊，但喉头哽咽，发不出一丝声音。

将军，陈相如，都已不复存在。

割破过无数咽喉的她，对这个动作必然很有研究，熟知如何又快又准地置人于死地。

不知她有没有想过，这种杀人手法，最终会用在自己身上？

从留在地上的凶器看来，陈相如和蒋晓军对死亡是早有准备的，那条项链的骷髅和玫瑰链坠，可以拆开，再组合成一柄细小但锋利的小刀。

这柄小刀既割破了陈相如的咽喉，也扎进了马进的心，它在淌血。

马进惊奇地发现，自己虽然很受伤，但现在他的理智，足以战胜脑袋与心脏的斗争。

他不断告诉自己，陈相如是杀人如麻的将军，对她的感情，是属于蒋晓军，而不是自己的，目前更需要他担忧的，应该是莫秀的生死，所以，他必须收敛心神，找到车家伟的下落……

然而，眼角还是不期然地湿润了……

怀着如铅重的心情，马进向高明楝汇报了陈相如自杀的消息，高明楝没有责怪任何人，只说了一句："她一直把别人当棋子，但作为一个职业杀手，她何尝不是幕后主谋的一枚棋子？"

高明楝同时将昨日轩龙集团大厦的爆炸现场检查报告递给马进，马进快速阅读，其中一项令他十分惊讶：

"保险箱在爆炸之前，已经被打开……地上发现一些严重烧焦的碎片，经过气相色谱分析，主成分是矽胶与树脂的混合体……这种材料多用于 3D 打印机……"

读到这里，马进眼中出现一道光芒，他终于想到，整个"七星聚会"的真相……

* * *

远离国际机场以及迪士尼乐园的大屿山南端，刚越过香港水域，附近散落一些无名小岛的大海上，一艘快艇停靠在一只豪华游艇旁边。

游艇内，车家伟把陈相如拼命抛到车上的那个巨型手提袋，交到对方手上，换取另一个巨型手提袋。

拉开手提袋的拉链，内里有成捆成捆的大额美钞、英镑、欧元……车家伟快速地点算了一下，然后满意地把钞票全倾倒在自己带来的背包里，再把它背上，扣紧肩带。

车家伟伸出右手，向付款人展露笑容："跟你合作非常愉快，谢谢你，林先生。"

虽然剃了个光头，但富态的体态无减，这个人，竟然是林兵！

"车大状[1]，拿到这笔钱之后，你有什么打算？"林兵边握手边问。

告诉他也没关系吧，车家伟想了想，反正林兵将会改头换面，大家有生之年都不会再见面："第一，不再做律师；第二，我要完成将军的遗志，在一个能看到海的地方，买一块地，建一所孤儿院。"

"哈哈！这笔钱，可以建好大的一所孤儿院了！"林兵笑说。

车家伟也笑了，但笑声持续不到两秒，外面就传来扩音器的声音。

"这是香港警察，里面的人立即出来，举手投降。"马进大声宣布，

1 "大状"是"大律师"的俗称。

“立即出来，举手投降。”

林兵大感惊讶：“警察怎么会找到我们的？车家伟，怎么办？”

车家伟却似乎早有准备，拉起坐在一旁，被绑着双手、蒙着眼睛及堵住嘴巴的莫秀，对林兵说：“你留在这，别动。”

然后，车家伟淡定地带着莫秀，走上甲板。

车家伟以莫秀为肉盾，挡在自己面前，走上甲板之后，他环顾四周，看到游艇已被警艇以及消防船包围。

马进不顾危险，从警艇跳到游艇上，并以枪指着车家伟。

“秀！你没事吧？”看到莫秀摇头，马进放心了，“放开她吧，你跑不掉的！”

“马进你真的很厉害，又一次识破将军的计划。”车家伟真诚地说。

“蒋晓军和我第一次见面时，也说过同样的话，只是我忽略了两点：当时有两个警察在船上，蒋晓军却知道是我而不是严建邦识破了他的计划，证明他早就收到消息，船上有另一个警察；另外，茫茫大海上，蒋晓军怎么可能准确降落在这艘游艇上面，除非，是林兵自己告诉他位置的。”

“聪明！”车家伟随即叹了一口气，“可惜你不认同你的心，如果你接受了蒋晓军，我们就可以组成一队天下无敌的组合……”

“废话！我不会认同蒋晓军，也不会认同你，永远不会！”马进紧握手枪说，“陈相如已经死了，没有人再领导你了，投降吧！”

“陈相如自杀过很多次，如果不是我在她身边，她早就死了。”

“陈相如承认了所有杀人罪，如果你现在投降，跟我们合作指证林兵，说不定法官会轻判。”

“马 Sir，可能你忘了，我是大律师，法律的事不用你教我！”车家伟看了四周一眼，“你带了消防船来，应该已经猜到船内有炸弹吧？”

车家伟左手捉紧莫秀，右手拿出了一个遥控器：“我已经死过一次，就算再死一次，我也不会投降的，看你快还是我快吧！”

“See you in Hell！”车家伟说着，使劲把莫秀推向马进，同时按下遥控器的按键……

马进抱着莫秀，想也不想，立即越过栏杆跳进水里……

旁边的消防船见状，立时向游艇喷出灭火泡沫……

车家伟闭上双眼，心中默默数着秒数：5，4，3……

船舱内的林兵，听到手提袋里传出奇怪的声音，打开手提袋，拨开债券一看，里面藏着一枚炸弹，计时器在倒数，只剩下最后一秒……

游艇发生剧烈爆炸……

5

竟然没做半个噩梦，已经多久没试过，这样一直沉睡下去，沉睡下去……

这是死亡的恬静，还是生存的宁谧？

感到脸上温柔的轻抚，马进缓缓张开双眼，他看到耀眼的阳光，看到莫秀，看到自己躺在医院的床上。

“第一次看到你在床上醒来呢！”莫秀笑着说。

“听你这样说，我应该还活着呢。”马进从床上坐起来。

莫秀穿着医生服，看起来一点伤也没有。

马进感到奇怪：“你完全没受伤吗？那为什么我躺在这里？是不是因为我英勇保护你所以给爆炸炸伤了呢？到底是烧伤还是脑震荡？快说！”

莫秀听了，大笑不止，好不容易才停下来：“你保护我？没想过神探马进竟然不会游泳，爆炸没有伤到你，反而掉在水里溺水了！是我救了你的好不好？”

马进感到有点尴尬，认真地对莫秀说：“是我连累了你，还要你来救我……真的对不起……”

莫秀坐在床边，诚心诚意地向马进表白：“不，是我连累你了，是我做了不应做的事，该说对不起的是我……”

* * *

一个月后，警察局的会议室里，齐集了负责混合油案以及将军连环杀人案的O记和重案组探员，他们都在静心聆听站在台上的马进还原整个案情。

马进清了清嗓子，向大家讲述了这宗涉及七条人命的案件的来龙去脉：“一切始于轩龙集团那个收藏了七亿美元不记名债券的保险箱，这保险箱只有用密码、再结合最少三个董事局成员的指纹及虹膜验证才能打开——这就是头两个死者，岳少华和朱翠贞被砍头以及切断双手的原因。而为什么选他们两个，理由很简单：不过是因为他们的名字，会让人联想到棋子上的‘兵’和‘卒’，误导我们以为林兵将会是第三个死者！”

现场探员都发出一声低呼。

“主谋林兵，雇用职业杀手‘将军’，收集了两人的首级和双手，加上自己的，本来已经足够打开保险箱，但为了逃避责任，便要将军和他合演一场戏。他利用他们三个人的名字与象棋中‘兵’和‘卒’的相似，让我们相信他正被杀手追杀，把自己伪装成为第三名受害者。

“所以，当日蒋晓军引开我们，再追到游艇上，他的任务其实不是杀林兵，而是杀掉保护他的警察，再把游艇炸掉，这样一来，即使在大海里找不到林兵的尸体，我们都不会怀疑上他，他就可以再找机会去保险箱偷债券，然后改头换面，带着巨款到外国逍遥法外。

“这就是蒋晓军的遗物里为什么有一包 C4 炸药，也是他能追踪到游艇的原因，只是他没想到，会死在我手上而已。”

“他不是有个同党陈相如吗？虽然蒋晓军死了，陈相如也可以继续任务啊！”仔仔举手，同时讲出他的疑问。

“陈相如怀孕，回台湾生孩子了。岳少华和朱翠贞的部分身体，应该在陈相如的手上，所以林兵自己没办法打开保险箱，这件事就不了了之了。

“那为什么一年半之后再出现‘七星聚会’的案件呢？而且，头和手放了一年多都没有腐坏？”刚康复上班的班班，也有她的疑问。

“后来为什么有‘七星聚会’的布局，我猜这是喜欢下象棋的车家伟的主意，”马进推敲下去，“蒋晓军深爱着陈相如，但在‘将军’这个组合里面，陈相如是主将，蒋晓军是副将，他杀人只是为了完成陈相如的意愿，所以在蒋晓军的角度，他不是职业杀手，他只是执行陈相如口中的‘正义’。

“这些私人的事，你是怎样知道的？”高明楝问。

“都是用猜的，”马进抓了抓自己的头发，“可能我了解蒋晓军的心，比了解自己的更多吧……我自己的心，早就‘死’了……

“当然，陈相如也深爱着与她一起长大、相依为命的蒋晓军，所以生了孩子之后，马上赶回香港。蒋晓军的遗体因为没人认领，早已火化，陈相如可能想知道他被葬在哪里，所以去了医院调查。

“蒋晓军和我同时送院的那一天，除了我换了蒋晓军的心脏外，同期住院的还有一直在等着换肝的车家伟，詹士仁收了车家伟一笔巨额的黑钱，把蒋晓军的肝脏移植到了他身上。

“莫医生告诉我，手术后三个月，陈相如来到医院调查，发现了莫医生在我和车家伟身上做器官记忆的实验，于是要挟莫秀协助她……”

在陈相如的威逼之下，莫秀通过药物和催眠，试图唤醒马进和车家伟对陈相如的记忆。很长的一段时间里，莫秀在催眠马进和车家伟的时候，给他们看了很多陈相如的照片、录像，这也是马进总是觉得陈相如很熟悉的原因……结果，车家伟的反应比马进来得激烈，很快就对陈相如一见倾心……

莫秀在研究马进的期间，反而对马进产生了感情，因为内疚，虽然对马进有好感，但始终不敢表露，只能跟他保持着距离，这也是莫秀对马进忽冷忽热的原因。

因为涉及非法器官移植，莫秀怕被告发，所以一直忍受着陈相如的威胁，连詹士仁死的那个晚上，莫秀也曾给予马进高分量的安眠药，马进有梦游的情况，亦是莫秀告知陈相如的。

“车家伟的‘复活’，令将军陈相如重获信心，所以主动联络林兵，提议帮他完成尚未完成的任务，以赚取巨额的报酬。林兵接受了‘七星聚会’的建议，才答应我再出庭作证，及后法官之死、林兵的‘假死’、詹士仁被杀等等，都是为了营造刘凯明即将被杀的假象，乘警察局以及集团大厦真空的时候，取走蒋晓军留下的C4炸药，用3D打印的双手以及瞳孔模型，打开保险箱盗取债券，再引爆炸弹毁灭证据，同时引起混乱，方便逃走。因为剩下的C4分量不足，3D模型没有完全被销毁，留下了线索……”

马进一口气讲述了七星聚会的过程与目的，探员们马上热烈地提出各种问题，马进也一一地回答：“事隔一年半才重新启动，除了要照顾刚出生的孩子之外，复制虹膜和双手的3D模型也花了很长的时间。轩龙的保险箱设计者也考虑过以假肢假眼开启的可能性，所以感应器需要同时侦测到血液的流通，才能打开保险箱，3D模型要做得精准，需要连血管一起复制，这需要很长的时间去测试及修正。

“而在曼谷发现的死者，只是身形跟林兵很像的替身，砍去了头和双手，再制造假的验尸报告，就可以轻易过关。我猜，将军选泰国作为林兵假死的地点，第一是因为她有能力或者人脉，可以贿赂当地的验尸官；第二是方便制造不在场证据。”

“哎！我明白了！”仔仔插嘴说，“那天车家伟特意在社交网络上发表他在台湾向陈相如求婚的视频，就是为了制造不在场证据，他们肯定已偷偷出境，去了曼谷！”

“我同意。”马进接着说，“至于劳师动众引开我们，冒险来证物房偷炸药，是因为C4炸药不容易找，蒋晓军在台湾长大，一定服过兵役，C4是他在执勤或者军训时，一点一点存下来的，C4像口香糖，有黏力，可以揉成不同形状，一次偷一点，粘在身上或鞋子里，不容易被发现。退役后，很难有机会再偷，所以只剩下证物房里的这一包。

“他们杀詹士仁，既为了杀人灭口，又可以陷害我，阻止我追查，同时也完成了‘七星聚会’的布局，所以已经没有必要砍头断手；绑架莫秀，是因为莫秀既是知情者，又和我有关系，拿她作为人质，可以扰乱我的思路……”

至此，“七星聚会”和将军案，随着主谋林兵、将军陈相如、蒋晓军，以及车家伟的死亡，正式画上句号，唯一活下来的，就是马进身体里，蒋晓军的心。不过马进明白，是莫秀的催眠令他对陈相如动心的，到底有没有器官记忆，连莫秀也说不准，如今陈相如已死，这份记忆，相信也会随时间而淡忘吧。

探员们一一离开，走在最后的何雅欣，拍了拍马进的肩膀：“马进，做得好，明天可以回重案组报到了吧？”

马进兴奋地向何雅欣敬礼：“Yes！ Madam!”

“还有一个问题，蒋晓军和陈相如的孩子呢？”

余　响

翻过阳明山郊野公园，向东北部走去，就会看到一望无际的大海。在一个海风轻柔的海湾旁边，本来长满红豆杉的树林，早被砍去大半，而空出来的土地，被木板围起来，准备施工。工地的入口处挂着施工简介，上面的描述说，这里将会兴建一所寄宿学校。

一个抱着小婴儿的老婆婆，站在施工简介下，小声地对婴儿说，"如军，学校建好之后，我们就有新房子住了，你开心吗？"

如军手舞足蹈，好像听懂了老婆婆的话，展露出了一个天真烂漫的笑容。

老婆婆被逗乐了，对如军说："开心的话，就要好好成长、学习，报答你的父母，也要报答叔叔啊！"

老婆婆转身，把如军递给身旁，身上仍有不少淤伤的车家伟。

当日游艇爆炸前，车家伟闭上双眼，心中默默数着秒数：5，4，3，2……他拉下背包的绳子，一个特制的布幕迅速张开，恰恰在爆炸时挡住爆风，并乘势把他弹上半空，飞行了两百多米后，再掉下海里……

"谢谢！"车家伟接过如军，仔细看他那无邪的脸。车家伟发现，如军的双眼和陈相如长得一模一样，连眼神中的倔强，也有几分相似。

车家伟回想起一个又一个与陈相如相遇相识的片段——

陈相如在医院里四处打探蒋晓军骨灰的下落，车家伟对她一见钟情……

车家伟跟踪陈相如，偷听到她威胁莫秀，逼她唤醒马进和自己的器官记忆……

为了接近陈相如，车家伟假装被莫秀催眠，牢牢记住了所有莫秀的实验资料、陈相如提供的所有相片和录像，以及透过律政处的朋友，搜寻关于蒋晓军案件的一切……

为了防止马进比他更快“苏醒”，车家伟偷偷加重了马进的安眠药分量……

甚至查出陈相如的住址，主动去找她……

当车家伟出现在陈相如面前，叫了第一声“相如！”；当陈相如含着泪光跟他说“欢迎你回来！”时，车家伟知道，自己成功了……

－全文完－

后 记

“为何电影与小说的故事完全不一样？”

同时看过小说和《惊天破》电影的朋友，必然有上面的疑问。事实上，除了马进（谢霆锋饰）换了将军的心，车家伟（刘青云饰）换了将军的肝，陈相如（佟丽娅饰）曾是将军蒋晓军的未婚妻，莫秀（范晓萱饰）与马进相爱等主要人物的设定和关系外，小说的结构、故事的走向、背后的阴谋以及结局，跟电影都大相径庭。

先不管科学上的真伪，电影的原始概念——“如果真的有器官记忆，当一个杀人犯的心和肝分别换到两个人身上，会否会制造出两个杀人犯？”——是由《惊天破》电影的导演兼编剧吴品儒提出的，两年前他委托另一位编剧顾舒怡写了一个剧本（当时仍叫作《破地狱》），给我工作室的搭档、本身亦是作家的樱桃阳子看过，本来是邀请她把剧本改编为小说的。因为她十分忙碌，加上我本身是个侦探迷，于是向导演提议，由我来写一本小说，保留《破地狱》这个我们都喜欢的名字，将来与电影同步推出。

后来，因为种种关乎实际拍摄的原因，剧本经过几番修订后，并没有照着原来的方向推进，而是发展出另一个故事（即目前的电影故事），其时小说已完成了一半，导演看过也十分喜欢，于是我们有了个共识——保持人物不变，小说完全放手给我自由发挥。

《惊天破》电影摄制期间，导演也请我参与了编剧工作，因为媒体的不同性质，我没有刻意把小说情节放进电影里，也没有因为电影而改变小说的构思，所以它并不是传统上的电影小说；而电影，也不是由小说改编的，两者既有密切关系，但又完全独立。

“假如 A 和 B 都死了，我们把 A 的脑移植到 B 的身体里，然后这个“人”活过来了，他到底是 A 还是 B?”

小说中马进的这个想法，源自一个古老的思想实验——“特修斯之船”（The Ship of Theseus，又名特修斯悖论），最早记载于公元一世纪希腊作家普鲁塔克的作品中。特修斯之船可以在海上航行数百年，全赖不断地更换部件，任何一部分，那怕是一块木板坏了，都会马上被新的替换掉，直至所有部件都不是原来的那些……问题是，最后的特修斯，到底是本来的那艘，还是一艘全新的船?

如果不是，那从什么时候开始不是?

十七世纪英国哲学家霍布斯（Thomas Hobbes）进一步问道：“假如用特修斯取下来的旧部件，重新组装成一艘船，那两艘船中，哪一艘才是真正的特修斯之船？”

这个问题，一直没有标准答案。

或许，《破地狱》与《惊天破》的关系，就是两艘特修斯之船，孰新孰旧，就要靠读者自己判断了。

孙子荣
2016 年 7 月